MW01673700

MÉLINDA

ROXANNE MONETTE

Mélinda
Copyright © 2021 by Roxanne Monette

All rights reserved. No part of this publication may be reproduced, distributed, or transmitted in any form or by any means, including photocopying, recording, or other electronic or mechanical methods, without the prior written permission of the author, except in the case of brief quotations embodied in critical reviews and certain other non-commercial uses permitted by copyright law.

tellwell

Tellwell Talent
www.tellwell.ca

ISBN
978-0-2288-4860-8 (Hardcover)
978-0-2288-4859-2 (Paperback)
978-0-2288-4861-5 (eBook)

À PROPOS DE L'AUTEURE

Roxanne Monette est née à Montréal dans une famille très unie de quatre personnes. Elle a grandi en apprenant d'abord le français, puis l'anglais. Sa famille élargie est éparpillée en Ontario du côté de sa mère et au Québec du côté de son père. C'est une avide lectrice depuis son plus jeune âge, avec un intérêt particulier pour l'histoire. Elle a complété un baccalauréat en histoire à l'Université de Montréal et travaille maintenant pour un site minier au Nunavik. Pendant son temps libre, elle aime écrire, voyager, tricoter, faire de l'exercice, apprendre à jouer du violon et passer du temps en compagnie de son chat. *Mélinda* est son premier roman.

À mes parents, qui ont toujours été là pour moi
et un grand merci à Denis pour tout son soutien

PREMIÈRE SÉANCE

Je sentais mon cœur battre dans ma poitrine en ouvrant la porte de l'immeuble. J'ai trouvé le nom que je cherchais sur la liste des personnes qui louaient un bureau à cet endroit : Linda Sylvestre, Psychiatre, Bureau 203. En montant les escaliers, je me suis dit que j'avais déjà vu beaucoup trop de professionnels en santé mentale dans ma vie pour recommencer encore une fois, mais que je n'avais pas le choix. J'avais maintenant 35 ans, mais les démons du passé m'avaient rattrapée et on m'avait envoyée consulter cette spécialiste qui habitait dans mon quartier. J'étais épuisée rien qu'à l'idée de devoir répéter mon histoire à un autre étranger, peu importe qu'il soit ouvert d'esprit et encourageant ou non. Je savais pourtant que je devais le faire. Je me sentais prise au piège et incapable d'avancer dans la vie. Je savais que j'avais besoin d'aide. J'ai donc posé le pied sur la dernière marche, puis j'ai tourné à droite en suivant les indications pour les bureaux 200 à 215.

Les murs du couloir étaient peints d'une couleur vert pâle et plusieurs chandeliers décoraient les murs, ce qui créait une atmosphère chaleureuse. Tout l'immeuble semblait bien entretenu et le plancher était recouvert d'un tapis gris pâle qui m'avait l'air très propre. La deuxième porte en bois à ma droite était celle que je cherchais. Il y avait une petite note sur la porte demandant aux patients de bien vouloir aller s'asseoir dans la salle d'attente que je pouvais apercevoir au bout du couloir. Je m'y suis rendue et je me suis assise près de la fenêtre. J'étais seule. Au milieu de la pièce se trouvait une table à café où étaient étalés divers pamphlets traitant de santé mentale, de prévention du suicide et donnant des informations sur diverses associations de la région. J'y ai jeté un coup d'œil, puis je les ai remis à leur place car je n'avais pas envie de les lire. J'avais déjà fait un gros effort en me rendant ici et j'allais recevoir toute l'aide nécessaire sous peu. C'était du moins ce que j'espérais.

Je n'ai pas eu à attendre très longtemps avant de voir apparaître dans le cadre de la porte une petite femme blonde arborant des lunettes et un sourire engageant. Elle a regardé le dossier qu'elle tenait entre les mains avant d'appeler « Mélinda Martin? » en souriant.

« C'est moi », ai-je dit en me levant pour la suivre jusqu'à son bureau. Jusqu'à présent, l'immeuble et la psychiatre avaient un aspect chaleureux qui m'ont mise à l'aise avant même que je n'aie commencé à parler de mes problèmes. Le sentiment s'est amplifié lorsque je suis entrée à l'intérieur du bureau de Linda. Je m'y suis immédiatement sentie la bienvenue. Les murs peints en vert du petit bureau étaient bien éclairés par d'énormes fenêtres aux moulures en bois. Adossé contre l'un des murs, il y avait un divan qui me semblait être très confortable. À sa gauche, se trouvait une petite table où reposait une magnifique lampe de style antique à côté d'une boîte de mouchoirs. En face du divan se trouvait une chaise à haut dossier recouverte d'un tissu au motif floral assorti à la lampe vers laquelle se dirigeait Linda. Une pile de dossiers était soigneusement alignée sur un bureau en bois massif qui trônait dans un des coins de la pièce. Je pouvais apercevoir quelques manuels de psychologie et de psychiatrie rangés dans une grande bibliothèque qui se trouvait entre le bureau et la chaise où s'était assise Linda. Je ne voyais aucun ordinateur et, pour une raison qui m'échappait, cela me mettait encore plus en confiance. J'avais plutôt l'impression de me trouver dans un salon chaleureux où je m'apprêtais à prendre un thé avec une amie que dans le bureau d'un médecin. Mon anxiété s'est tout de suite atténuée.

« Comme vous l'avez probablement deviné, je suis Linda Sylvestre. On vous a adressée à moi pour une évaluation psychiatrique, a-t-elle commencé en me regardant droit dans les yeux tout en souriant. J'ai

lu le rapport de votre dernière visite chez le médecin; il aimerait que je vous évalue. Est-ce que c'est un nouveau médecin? »

« Oui. J'ai déménagé dans le coin il y a environ cinq ans et c'est le médecin qui m'a été attribué. Je suis allée le voir il y a quelques semaines parce que je ne me sentais pas bien et il a suggéré de faire faire une évaluation complète par un professionnel », ai-je répondu.

« Je vois, a-t-elle dit en souriant. Est-ce que c'est votre première visite chez un psychiatre? », a-t-elle demandé.

J'ai soupiré. « Non, j'en ai déjà vu un dans le passé, ainsi que plusieurs psychologues et travailleurs sociaux. Ce n'est malheureusement pas ma première fois. »

« D'accord. Dans ce cas, vous êtes probablement au courant de la façon dont les séances se déroulent, mais je me fais toujours un point d'honneur de rappeler à mes patients lorsque l'on commence une thérapie que tout ce que vous dites ici est strictement confidentiel, sauf si j'ai le sentiment que vous représentez un danger pour vous-même ou pour les autres. Dans un tel cas, je suis obligée de le signaler. Pour aujourd'hui, je crois que la meilleure façon de commencer serait que vous me parliez un peu de vous, de votre histoire et de ce qui vous amène ici. Je suis consciente que certains problèmes sont plus difficiles à aborder que d'autres, alors nous n'avons pas besoin de nous plonger à la source de ces problèmes immédiatement si c'est trop difficile pour vous. Je veux apprendre à vous connaître un peu mieux. »

J'ai pris une profonde respiration. Ça y est, *me suis-je dit.*

Je suis née en 1985 en banlieue de Montréal. Mon père travaillait pour une grande compagnie pharmaceutique et ma mère était infirmière. Après la naissance de ma sœur et moi, mon père gagnait suffisamment d'argent pour que ma mère n'ait pas eu besoin de retourner travailler pendant plusieurs années. Nous vivions dans une assez grande maison dans un quartier aisé. Nous avions l'air de la famille parfaite, comme on en voit dans les films. Sauf que tout n'allait pas aussi bien qu'on aurait pu le croire à première vue.

Prenons l'exemple de ma sœur, Émilie. Nous ne nous entendions pas bien. Elle est plus âgée que moi de deux ans et a toujours cherché à attirer l'attention de mes parents. Elle n'a jamais très bien réussi à l'école parce qu'elle n'a jamais vraiment fait d'efforts et mes parents la grondaient toujours à cause de cela. Elle parlait beaucoup et prenait beaucoup de place. Elle était populaire à l'école et attirait toujours le regard des garçons avec ses histoires.

Quant à moi, j'avais toujours des bonnes notes et mes parents étaient toujours satisfaits lorsqu'ils recevaient mes bulletins. Je crois qu'Émilie était jalouse de moi pour cette raison. Nous n'avons jamais été proches. Je sais que puisqu'il s'agit de la personne la plus proche de moi biologiquement, un lien indestructible devrait nous unir, mais ce n'est tout simplement pas le cas.

Bref, je crois qu'elle est très égoïste et ne pense pas aux autres. Elle doit me trouver ennuyeuse car je ne la suis jamais dans ses idées de grandeur. Je me considère comme étant une bonne oreille, mais après un certain temps à écouter ce qu'elle me raconte et à essayer de la suivre car elle parle très vite, je me lasse et mon esprit s'égare. C'est épuisant de consacrer toute son énergie à écouter quelqu'un qui n'a pas la courtoisie de vous écouter en retour. La plupart du temps, quand je suis avec elle, je ne fais que sourire et rire de ses blagues tout en poursuivant ma propre conversation dans ma tête. Je n'appellerais pas ma sœur si j'avais des problèmes. Elle a bon cœur, ne vous y méprenez pas. C'est seulement que nous sommes trop différentes et nous n'avons pas envie de nous trouver des intérêts communs.

Je n'ai pas beaucoup de souvenirs des premières années de ma vie, mais je me souviens très bien avoir rencontré ma première amie, Julie, à la maternelle. Nous sommes devenues les meilleures amies du monde et passions tout notre temps ensemble. Elle vivait à quelques pâtés de maison de chez moi, alors je pouvais marcher jusque chez elle aussi souvent que j'en avais envie. Je me rappelle que je croyais qu'elle habitait dans un château tellement sa maison était grande. Ses parents étaient tous les deux comptables, alors ils gagnaient beaucoup d'argent.

Un jour, elle m'a invitée à passer l'après-midi chez elle pour se baigner dans sa grande piscine extérieure. Sa mère, qui travaillait de la maison, avait accepté de nous surveiller pendant qu'on jouait dans l'eau. Quelques heures plus tard, j'ai décidé que j'en avais assez et j'ai dit à Julie que je voulais rentrer à la maison, mais elle ne voulait pas que je parte. Comme c'était une enfant unique, j'imagine qu'elle était habituée à obtenir ce qu'elle voulait en piquant des crises. Elle s'est mise à crier et à pleurer, puis s'est précipitée à l'intérieur de la maison pour me fermer la porte patio au nez. J'étais emprisonnée dans la cour, alors j'ai dû abandonner les choses que j'avais laissées dans sa maison et sauter par-dessus la clôture pour rentrer chez moi. La crise qu'elle avait piquée m'avait terrifiée car je n'étais pas habituée à une telle démonstration d'émotions. Je n'en ai jamais parlé à personne, pas même à mes parents car je me sentais honteuse et j'avais l'impression d'avoir fait quelque chose de mal pour causer sa crise, bien que je ne sache pas exactement quoi.

Un jour, alors que nous étions sur le chemin de retour de l'école, nous avons commencé à nous disputer concernant une réponse à un examen de science que nous avions eu cette journée-là. Elle soutenait qu'elle avait la bonne réponse, mais comme j'étais têtue, j'ai continué à m'obstiner. Elle a sorti un parapluie de son sac et a commencé à me frapper la tête. C'était la première fois de ma vie où quelqu'un était violent envers moi et j'étais sous le choc. Je ne savais pas comment réagir, alors j'ai commencé à lui demander d'arrêter, mais elle ne m'écoutait pas. Nous étions rendues sous le porche de ma maison et elle me frappait si violemment que j'en avais de la difficulté à trouver mes clés pour ouvrir la porte. Je tentais désespérément d'entrer à l'intérieur en frappant à la porte pour que quelqu'un vienne m'ouvrir. Émilie était à la maison, mais lorsqu'elle a vu ce qui se passait à travers la fenêtre, elle s'est mise à rire plutôt que de m'aider. J'ai réalisé à ce moment-là que parfois, les mots n'ont aucun pouvoir, même lorsqu'on supplie quelqu'un de cesser de nous faire mal. J'allais retenir cette leçon pour le restant de ma vie.

Nous avons fini par nous réconcilier quelques jours plus tard et nous avons continué à être amies, mais j'avais toujours l'impression de côtoyer une bombe à retardement. Je ne savais jamais à quel moment elle allait péter les plombs et me frapper car elle n'aimait pas ce que je venais de dire. Lorsque j'étais la gagnante à un jeu, elle piquait une crise et me frappait car elle détestait perdre.

Notre relation s'est poursuivie ainsi pendant plusieurs années. Nous avons appris à conduire nos bicyclettes et à faire du patin à roulettes, en tombant de moins en moins souvent. Chaque année, nous allions à un camp d'été, nous célébrions nos anniversaires et nous continuions de nous chicaner.

Puis, une certaine Claire a emménagé dans le quartier. Au début, nous nous entendions très bien toutes les trois et nous étions inséparables. Par la suite, Julie et Claire sont devenues de plus en plus proches à mon insu jusqu'à ce qu'une année, Claire offre à Julie pour son anniversaire une tasse à café avec les mots *Meilleure Amie* inscrits dessus. C'est à ce moment-là, qu'à ma grande surprise, Julie a décidé de m'annoncer que je n'étais plus sa meilleure amie. Claire m'avait remplacée. Je ne comprenais pas ce que j'avais fait de mal pour mériter qu'on m'abandonne ainsi. J'en ai conclu que je n'étais pas une assez bonne amie pour Julie. Puis, juste avant le début de l'école secondaire, cette dernière m'a appris qu'elle ne voulait plus du tout être amie avec moi. Ça a été la fin de notre amitié.

« Si je comprends bien, vos proches vous ont abandonnée ou ne vous écoutaient pas », dit Linda en quittant des yeux la feuille sur laquelle elle prenait des notes.

« On peut dire ça. Mes parents ne m'ont pas abandonnée mais ils savaient que mes amies m'avaient rejetée. Pourtant, nous n'en avons jamais discuté. »

« Et qu'avez-vous ressenti lorsque Julie a clairement dit qu'elle ne voulait plus être amie avec vous? »

« C'est difficile à expliquer. Je me suis sentie vide à l'intérieur, comme si quelqu'un m'avait arraché une partie de mes entrailles. J'en avais mal au cœur. J'ai beaucoup pleuré cet été-là. Je me sentais triste et insignifiante, comme s'il n'y avait aucun intérêt à essayer de commencer quoi que ce soit de nouveau parce que je savais que j'allais échouer de toute façon. Je n'avais pas beaucoup d'énergie et je passais beaucoup de temps au lit à pleurer ou à dormir. »

« Combien de temps cela a-t-il duré? »

« Oh, environ tout l'été. Je regardais des films avec mes parents, mais mon esprit était ailleurs. Je sentais des larmes couler sur mes joues et je ressentais un grand vide à l'intérieur. Je crois que mes parents ne savaient plus quoi faire avec moi. Mon état les inquiétait et une fois ils m'ont même demandé si je voulais consulter un psychologue, mais je leur ai répondu que non. Ils n'ont pas insisté. Je crois qu'ils étaient mal à l'aise à l'idée de discuter avec moi et qu'ils voulaient que je me rétablisse au plus vite pour que les choses reviennent à la normale. Ils ont dû être soulagés à la fin de l'été, lorsque j'ai été forcée de sortir du lit pour retourner à l'école et faire quelque chose de ma vie. »

« Avez-vous trouvé cela difficile de vous faire de nouveaux amis par la suite? », a demandé Linda.

« Oui », ai-je répondu.

Ma première année à l'école secondaire a été la plus difficile. Lors de la première journée, je n'avais plus aucun ami et j'étais entourée de visages inconnus. À l'heure du dîner, j'ai décidé de m'asseoir à une table où se trouvaient quelques personnes du quartier que je connaissais vaguement. Des filles que je ne connaissais pas se sont assises en face de moi et l'une d'entre elles m'a demandé si les gens avec qui j'étais assise étaient mes amis. J'ai répondu oui puisque je ne voulais pas avoir l'air d'une fille qui n'avait pas d'amis. « Ils n'ont pourtant pas l'air de te connaître », a-t-elle répondu, ce que les gens du quartier ont confirmé immédiatement. Ouch! J'ai terminé mon repas en silence le plus rapidement possible avant de quitter la table.

Au cours de la semaine suivante, j'ai réussi à faire connaissance avec quelques personnes. Je n'irais pas jusqu'à dire que je me suis fait des amis car j'avais toujours ce sentiment de méfiance qui persistait. Je me disais que les gens allaient m'abandonner dès qu'ils apprendraient à mieux me connaître.

L'une de ces nouvelles connaissances était Catherine, que j'ai rencontrée lors d'une récréation. Elle se tenait seule dans un coin de la cour d'école, jouant avec une mèche de ses cheveux. Lorsqu'elle m'a aperçue, elle est venue se présenter. Elle avait de longs cheveux noirs, portait beaucoup de maquillage et parlait surtout de Marilyn Manson. Elle semblait plutôt gentille. Puis, j'ai rencontré une autre fille, Sarah, qui prenait le même autobus que moi. Elle s'est assise à mes côtés et a commencé à me parler d'elle. Elle habitait non loin de chez moi et son frère aîné avait récemment déménagé, lui laissant sa chambre au sous-sol. Aucune de ces deux filles n'était dans mes cours, mais j'étais contente de savoir que j'avais au moins deux connaissances avec qui je pouvais m'asseoir durant l'heure du dîner.

Vous voyez, mes années à l'école primaire m'avaient appris l'importance de ne pas être seule afin de ne pas devenir une cible. Si vous vous entourez de quelques personnes et que vous ne faites pas trop de vagues, vous allez vous en tirer. Le but est de devenir invisible aux yeux de la majorité des gens : s'ils ne vous voient pas, ils ne peuvent pas vous blesser. L'exemple de ma sœur m'avait aussi appris qu'il ne fallait pas trop fréquenter des garçons si on ne voulait pas finir avec une mauvaise réputation. À la fin de sa deuxième année à l'école secondaire, Émilie était connue comme étant la fille facile avec qui tous les gars avaient couché. Elle ne pouvait plus se débarrasser de cette rumeur même si elle était fausse. Je faisais très attention avec qui je traînais pour être certaine que cela ne m'arrive pas à mon tour.

« D'après ce que je peux voir, vous avez ressenti de l'abandon durant votre enfance. Je comprends un besoin de vous tenir loin des autres ou de vous sauver avant qu'ils ne puissent vous blesser. Est-ce que vous avez réussi à vous ouvrir pleinement à quelqu'un d'autre après ces mauvaises expériences ou avez-vous continué à être sur vos gardes? » a demandé Linda.

« Il n'y avait qu'une seule personne au monde avec qui je me sentais assez en sécurité pour m'ouvrir, ai-je dit, Jonathan Mercier. »

Tout a débuté deux années plus tard, lorsque j'avais quatorze ans. Une fin de semaine, Sarah m'avait invitée chez elle pour regarder les films *Retour vers le futur* et commander de la pizza avec d'autres personnes de l'école. J'ai accepté, même si je n'étais pas particulièrement sociable. Elle avait également invité Catherine ainsi que Jonathan. Je le connaissais déjà car il était dans certains de mes cours et il passait parfois du temps avec Sarah et moi. Elle avait d'ailleurs tendance à se moquer de moi à chaque fois qu'il était présent.

Il était plutôt bien physiquement, même s'il était un peu maigre. Il avait à peu près la même taille que moi, avec des yeux bruns et des cheveux brun doré qui tombaient sur son visage. Il était quelque peu mystérieux. Parfois, il ne se présentait pas à l'école pendant plusieurs jours et personne ne semblait savoir pourquoi ni s'en préoccuper. Il était dans le programme d'arts et se rendait toujours à l'école avec son scooter.

Sarah était très heureuse de nous montrer son sous-sol et particulièrement fière de sa salle de bain privée comprenant une douche et un bain. Elle avait le sous-sol pour elle toute seule depuis que son frère était parti pour vivre en appartement avec des amis. Elle avait hérité de sa chambre, qui était peinte en noire avec des posters de groupes partout sur les murs. C'était cool et je dois admettre que j'étais un peu jalouse.

Nous avons regardé les films, ce qui me convenait parfaitement puisque comme ça je n'avais pas à faire la conversation. J'ai mangé pas mal de popcorn. Entre le deuxième et troisième film, Sarah a commandé de la pizza. Alors que nous attendions qu'elle arrive, elle est venue s'asseoir à côté de moi.

« Hey, tu as une cicatrice sur ton front, qu'est-ce qui est arrivé? »

« Hmmm, c'est une longue histoire », ai-je répondu.

« Allez, raconte! »

« Eh bien, l'été dernier, j'étais debout sur mon lit en essayant d'accrocher un poster au mur quand j'ai perdu l'équilibre. Je suis tombée en me cognant la tempe sur ma tête de lit. J'ai été chanceuse, l'impact s'est fait à quelques centimètres de mon œil. Mais ça saignait beaucoup et lorsque je me suis remise du choc, mes mains étaient pleines de sang et ça coulait sur le sol. J'ai paniqué et je me suis mise à crier comme ceci », ai-je dit en reproduisant le cri que j'avais poussé à ce moment-là.

« Refais cette grimace! » a-t-elle dit en riant.

« Non . . . »

« Allez! »

Je l'ai donc fait à nouveau.

« Tu as l'air tellement ridicule lorsque tu fais cette tête-là; je ne peux pas m'empêcher de rire de toi! »

Elle a commencé à rire tellement fort que je me suis sentie gênée. J'ai regardé en direction de Jonathan et je l'ai vu rigoler également.

C'est à ce moment que j'ai senti un déferlement d'émotions envahir mon corps, un peu comme si j'avais été traversée par un éclair de gêne qui s'est transformé en rage en une fraction de seconde. Une vague d'émotions inattendue s'était emparée de moi. Je ne me souviens pas exactement de ce que j'ai dit à Sarah, mais je me suis mise à crier et à l'envoyer promener. Lorsque je me suis enfin tue, tout le monde était silencieux et me dévisageait. J'avais piqué une crise. Je me sentais encore plus honteuse, alors je suis partie rapidement. Mes émotions ne s'étaient pas encore résorbées une fois rendue à la maison. Mon cœur battait très vite et je me sentais pleine d'énergie, comme si j'étais sur le point de frapper quelque chose ou de partir courir pour des kilomètres sans m'arrêter. J'ai dû attendre la journée suivante pour que mes émotions reviennent à la normale.

« Est-ce que ça vous arrive souvent d'avoir des crises comme cela? » a demandé Linda.

« Ça m'arrive à l'occasion », ai-je admis.

Elle a pris note de quelque chose avant de me dire de continuer avec mon histoire à propos de Jonathan.

Quelques jours plus tard, alors que j'étais à la maison en train de repasser des vêtements à la demande de ma mère, cette dernière est montée me voir pour me dire que j'avais un appel.

« Qui est-ce? »

« Quelqu'un qui se nomme Jonathan veut te parler. Je crois qu'il est dans un de tes cours. »

J'ai trouvé cela un peu bizarre, mais j'ai pris le gros téléphone beige accroché sur le mur de la cuisine.

« Allo? »

« Salut, Mélinda? »

« Oui, c'est moi. »

« C'est Jonathan Mercier, tu sais, je suis dans ton cours de mathématiques. »

« Hmmm, oui, je sais qui tu es. Comment as-tu eu mon numéro de téléphone? »

« La liste d'appels que l'école a donnée au début de l'année. »

Il se demandait si je pouvais l'aider avec un problème d'algèbre qu'on devait remettre le lendemain matin.

« Qu'est-ce qui te fait croire que j'ai la réponse? » me suis-je demandé tout haut.

« Tu es une intello, tu as toujours la bonne réponse lorsque le professeur te pose une question. »

« Ce n'est pas vrai . . . bon, peut-être que je le suis. Avec quel problème voulais-tu que je t'aide? »

Je lui ai donné un coup de main.

La journée suivante, j'ai été réveillée par mon père qui frappait à ma porte en me servant son discours habituel. « Mélinda! Dépêche-toi, tu vas être en retard! Je ne te conduirai pas à l'école si tu rates ton autobus encore une fois! »

J'avais toujours eu de la difficulté à me réveiller le matin. Je ne dormais pas beaucoup pendant la nuit car je faisais souvent des cauchemars et je me réveillais en panique, couverte de sueur. Je mettais ensuite beaucoup de temps à me rendormir et, juste quand j'y parvenais enfin, mon père me réveillait en frappant à la porte. J'espérais toujours pouvoir passer plus de temps au lit et il arrivait souvent que je rate mon autobus. Mon père devait alors me conduire à l'école avant d'aller travailler.

Je me suis levée du lit à contrecœur et je me suis rendue dans la salle de bain que je partageais avec Émilie pour faire couler la douche. J'étais certaine de ne pas tomber sur ma sœur puisqu'elle commençait l'école une heure plus tard que moi, vu qu'elle était plus âgée de deux ans. Comme elle dormait autant que moi, il n'y avait aucun danger qu'on se marche sur les pieds en se préparant le matin dans la salle de bain.

J'ai enlevé mes vêtements et je me suis regardée dans le miroir. J'avais de longs cheveux noirs, des yeux bruns et un teint très pâle. Je ne passais jamais beaucoup de temps au soleil en raison des cicatrices sur mes bras. Je portais toujours des manches longues pour les camoufler, même l'été. Les coupures guérissaient d'une drôle de façon : elles étaient toutes boursouflées et plus pâles que le restant de ma peau. Je me suis demandé si un jour il serait possible de les faire disparaître complètement. Je me sentais honteuse de m'être infligé ces blessures, mais elles n'étaient pas apparentes sous mes vêtements. Je n'avais aucune intention de me dénuder devant qui que ce soit, ni d'aller me baigner chez des amis dans mon costume de bain. Je ne connaissais personne qui possédait une piscine de toute façon.

« Hmm hmm, a dit Linda en prenant d'autres notes, c'est quelque chose dont nous allons devoir discuter par la suite. Continuez », a-t-elle ajouté.

J'ai pris ma douche, puis j'ai séché mes cheveux avant de les brosser et de les lisser. Puis, je suis descendue à la cuisine pour prendre mon déjeuner : une banane et des rôties. Je suis remontée à l'étage pour me brosser les dents et avant de partir pour l'école, j'ai attrapé le sac à lunch que ma mère m'avait préparé.

Le port d'un uniforme bleu et vert était obligatoire à notre école. J'avais toujours trouvé que ces deux couleurs étaient très mal assorties et je me demandais qui avait choisi cette palette de couleurs. Ce jour-là, j'avais opté pour une jupe carottée et un polo bleu. J'avais troqué mes bas verts qui montaient jusqu'aux genoux pour une paire de socquettes avec des petits souliers noirs bien lisses.

J'ai vu Julie et Claire se diriger vers le coin de la rue où je me trouvais pour attendre l'autobus. Elles vivaient près de chez moi, donc nous prenions le même autobus. Elles ne m'ont même pas jeté un coup d'œil et ont fait comme si je n'existais pas. C'était blessant. Qu'est-ce que j'avais bien pu leur faire qui était si grave pour mériter de me faire traiter ainsi? Ne pouvaient-elles pas au moins me dire bonjour?

L'autobus est arrivé et les deux filles sont montées avant moi. Elles se sont dirigées vers l'arrière du véhicule, là où tous les élèves cool s'asseyaient. J'ai pris place au milieu de l'autobus. Sarah est montée à l'arrêt suivant, mais elle n'est pas venue s'asseoir à mes côtés comme elle le faisait d'habitude. Je me suis sentie mal à cause de la façon dont j'avais agi avec elle. Je suis donc allée la rejoindre pour lui présenter mes excuses. Elle m'a pardonnée et nous avons discuté tout le long du trajet.

Une fois arrivée à l'école, je me suis dirigée vers mon casier pour récupérer les livres dont j'aurais besoin en classe. La cloche signalant le début des cours ne sonnerait pas avant dix bonnes minutes, alors j'ai décidé de faire un arrêt aux toilettes avant de me rendre dans la salle de classe. J'ai aperçu Jonathan près de la fenêtre en train de lire. J'ai ralenti le pas en passant devant lui pour jeter un coup d'œil au bouquin qu'il lisait. J'ai vu que c'était une biographie de Pierre le Grand. *Mais qui lit ce genre de truc?* ai-je pensé.

« Salut Jonathan! »

« Oh, salut Mélinda! Merci pour ton aide hier soir. »

« Ça m'a fait plaisir. Tu sembles assez intello toi aussi à ce que je vois. »

« Non, je lis ce livre juste pour le plaisir. »

« Donc, tu préfères l'histoire aux mathématiques? »

« Oui, mais j'ai besoin des mathématiques pour passer les examens du gouvernement et obtenir mon diplôme d'études secondaires. Je sais bien que je ne me servirai jamais de ces trucs plus tard, mais j'ai besoin d'être diplômé si je veux trouver une école avec un bon programme d'arts par la suite. »

« Alors, qu'est-ce qu'il y a de si intéressant à apprendre sur Pierre le Grand? On dirait quelque chose que mon père lirait, ça semble ennuyeux. »

« Tu te trompes. Il y a toujours quelque chose d'intéressant à apprendre des grands leaders de ce monde. »

« Je croyais que c'était un tyran. »

Il m'a regardée l'air surpris.

« Un absolutiste. Mais l'absolutisme ne veut pas dire que tout ce que quelqu'un a fait était mal. Ça veut seulement dire que ça a été imposé, le bien comme le mal. Parfois, c'est la seule façon de faire avancer les choses, de les moderniser. »

La première cloche a sonné et je me suis dépêchée à me rendre aux toilettes. Ce qu'il venait de dire résonnait dans ma tête : le bien comme le mal.

Ma journée commençait avec un cours de mathématiques, puis de français et un cours d'éducation physique par la suite. Je détestais cela. Je n'étais pas en forme et j'avais peur que mes camarades de classe se moquent de moi. Une fois, à l'école primaire, j'avais fait une crise d'asthme alors que nous étions en train de courir dans le gymnase. L'enseignant avait dû appeler une ambulance, j'étais tellement gênée. J'espérais que cela ne se reproduirait pas.

J'étais en train d'enfiler ma tenue de sport lorsque j'ai entendu une conversation entre Julie et Claire à propos de leur projet de devenir mannequins. Je dois avouer qu'elles étaient grandes et beaucoup plus belles que moi. Elles souhaitaient organiser une séance photo pour pouvoir se créer un portfolio et commencer à en envoyer des copies à différentes agences.

« Ma mère connaît un photographe; il doit venir souper dimanche soir. Je vais lui demander combien pourrait coûter une séance photo », a dit Julie.

« Oh mon dieu! Nous allons devenir célèbres et tous les garçons vont se jeter à nos pieds. »

« Je ne veux pas tous les garçons, je veux Cédrick. Mais il a déjà une petite amie. »

« Pffft, on s'en fout! Est-ce que tu l'as regardée? Elle est laide! Elle ne mérite pas un beau garçon comme lui! Je suis certaine que s'il avait le choix, il déciderait de sortir avec toi plutôt qu'avec elle. Surtout si tu deviens un mannequin célèbre. »

J'ai arrêté de les écouter. Je ne comprenais pas comment elles pouvaient être aussi méchantes. *Elle ne méritait pas de sortir avec un garçon aussi beau car elle était laide?* Elle était peut-être belle à l'intérieur.

Ça m'a rappelé lorsque j'étais allée à un camp d'été avec Julie. Elle ne m'avait pas prévenue, mais il s'agissait d'un camp religieux où on devait lire des extraits de la bible tous les jours et discuter de dilemmes moraux avec les moniteurs. Je ne comprenais pas les différentes subtilités religieuses à cause de mon jeune âge, mais Julie était baptiste et son père était pasteur en plus de son travail de comptable. J'imagine qu'elle avait omis de me parler de l'aspect religieux du camp de peur que je refuse de l'accompagner. Un soir, nous étions en train de discuter avec notre monitrice d'une question bien particulière : « Imaginez que vous êtes mariée à un bel homme et qu'il se retrouve pris dans un feu qui le défigure complètement. Seriez-vous toujours en amour avec lui? »

La monitrice a posé la question à Julie en premier. Elle a répondu : « Non, je ne pourrais pas. Il serait laid. »

Les autres jeunes filles ont répondu la même chose.

« Mélinda, qu'est-ce que tu en penses? »

« Je ne vois pas pourquoi je ne l'aimerais plus, il serait encore la même personne à l'intérieur. »

Tout le monde est resté silencieux. J'étais apparemment la seule des filles à penser ainsi.

J'ai fini d'enfiler mes vêtements de sport et je me suis dirigée vers la cour d'école où nous devions courir des tours de piste. J'ai terminé la dernière, comme d'habitude. Tous les autres étudiants ont dû attendre après moi et, lorsque j'ai finalement franchi la ligne d'arrivée, j'étais toute rouge, essoufflée et en sueur.

« Très bien, a dit Linda en jetant un coup d'œil à l'horloge accrochée au mur. Notre temps est écoulé pour aujourd'hui, mais j'ai pris note de quelques éléments dont j'aimerais qu'on discute plus en profondeur. Que diriez-vous de se revoir la semaine prochaine? »

J'ai acquiescé en me levant. J'ai noté l'heure du prochain rendez-vous dans mon téléphone cellulaire et j'ai remercié Linda avant de me diriger vers la porte. En descendant les escaliers, je me suis dit que je n'avais pas eu le temps d'aborder beaucoup de sujets. Nous n'avions fait aucun progrès en ce qui concernait mes problèmes. Je me suis dit que j'allais devoir être forte en attendant de pouvoir la revoir la semaine suivante.

DEUXIÈME SÉANCE

La semaine suivante, j'étais de retour dans la salle d'attente, en train de regarder par la fenêtre la rue animée où mon auto était stationnée. Tout comme la dernière fois, je n'ai pas eu à attendre très longtemps avant de voir le visage souriant de Linda apparaître au bout du couloir.

« Bonjour Mélinda! a-t-elle dit. Comment allez-vous aujourd'hui? »

« Je tiens le coup », ai-je répondu en me levant pour la suivre à son bureau une fois de plus. Je me suis assise sur le divan et j'ai attendu qu'elle termine de mettre de l'ordre dans les papiers sur ses genoux.

« Aujourd'hui, j'aimerais que vous me parliez un peu plus de votre relation avec Jonathan. Vous avez mentionné lors de notre dernière séance qu'il était la seule personne vraiment proche de vous. Je suis curieuse de savoir comment votre relation a évolué. Pouvez-vous m'en dire plus sur la façon dont vous vous êtes rapprochés? »

« Bien sûr. Je vais commencer par vous parler de notre premier rendez-vous. »

Quelques jours après notre petite conversation à son casier, j'étais occupée à faire mes devoirs avant le souper lorsque ma mère est venue cogner à ma porte pour me dire que Jonathan était au téléphone et qu'il désirait me parler.

« Allo? » ai-je répondu.

« Salut Mélinda! Comment ça va? »

« Ça va bien, mais nous soupons en famille dans quinze minutes, alors je ne peux pas te parler très longtemps. »

« Un souper de famille hein? Vous mangez ensemble tous les soirs? »

« Oui. Mes parents insistent, même si j'ai rarement l'occasion de parler parce que ma sœur parle sans arrêt. »

« C'est vrai, tu as une sœur, Émilie. Je crois qu'elle est un peu plus vieille que toi? »

« Oui, de deux ans. »

« Et vous n'êtes pas proches? »

« Pas vraiment . . . »

« C'est dommage. J'aimerais bien avoir un frère où une sœur pour me confier parfois. »

« Tu sais quoi? Moi aussi . . . »

« Dis-moi, qu'est-ce que tu fais après souper? »

« Je n'ai rien de prévu; on est mercredi. Pourquoi? As-tu besoin d'aide avec un autre exercice d'algèbre? »

« Non, en fait j'appelais pour te demander si tu aimerais venir au cinéma avec moi. »

C'est à ce moment-là que j'ai senti mon cœur battre la chamade dans ma poitrine.

« Quoi? Tu veux aller au cinéma . . . avec moi? »

« Oui, il y a ce vieux film avec Steve McQueen qui joue ce soir dans un petit cinéma du quartier; je me suis dit que ça pourrait t'intéresser. »

Je ne savais pas quoi répondre.

« Alors, c'est un oui? »

« Oui. »

« Super, je vais venir te chercher à sept heures, le film commence à huit heures. On pourra discuter en attendant que ça commence. »

En raccrochant le téléphone, j'ai senti mon cœur battre encore plus fort. C'était la première fois qu'un garçon me demandait de sortir avec lui. Je n'étais même pas certaine qu'il s'agisse d'un vrai rendez-vous. Je ne pouvais pas croire que j'allais sortir avec un garçon. Tout s'était passé si vite!

Ça voulait donc dire qu'il s'intéressait à moi. Je n'en avais aucune idée. Nous avions commencé à nous parler un peu plus à cause de nos devoirs et nous étions récemment devenus partenaires dans le cours de biologie, mais je croyais qu'il ne me parlait que parce que j'avais des bonnes notes, espérant que je déteigne sur lui. Il semblait toujours rire des blagues que faisait Sarah à mes dépens. De plus, je m'étais comportée comme une folle le soir où je l'avais engueulée chez elle. Je n'aurais jamais cru qu'il puisse s'intéresser à moi, mais j'avais apparemment tort. Il m'avait appelée pour me demander de sortir avec lui. C'était tout; pas de devoirs ou de discussion à propos de l'école. Wow.

Mes parents n'avaient pas d'objection à ce que j'aille au cinéma avec Jonathan. J'étais la bonne fille, celle qui ne causait jamais de problèmes. Alors ils m'ont laissée sortir un mercredi soir avec un garçon qu'ils n'avaient jamais rencontré. En fait, ils étaient plus préoccupés par Émilie. L'année précédente, elle était tombée enceinte et avait dû se faire avorter. Ça avait été un énorme choc pour mes parents. J'étais beaucoup plus discrète et je crois qu'ils étaient contents de me voir sortir de mon état dépressif et de me faire des nouveaux amis.

À sept heures, j'ai entendu le son spécifique d'un scooter qui tournait au coin de ma rue. Il était pile à l'heure. Je me suis précipitée vers la porte en criant bonsoir à mes parents et je suis sortie sans attendre leur réponse. En m'approchant de Jonathan, j'ai réalisé que je ne savais pas quoi dire.

« Les vêtements de ville te vont bien », m'a-t-il dit.

Sa remarque m'a fait rigoler et a détendu l'atmosphère.

« Embarque », a-t-il dit en me tendant un casque.

Je l'ai enfilé et je me suis assise derrière lui. C'était bizarre d'être collée contre lui. Je n'avais jamais été proche d'un garçon de cette façon auparavant. Ça me faisait une drôle de sensation, comme un chatouillement partout dans le corps.

Nous sommes arrivés au cinéma à environ sept heures trente, nous avons acheté nos billets ainsi que du popcorn et nous avons choisi des sièges au milieu de la dernière rangée.

« C'est la meilleure place. Personne ne peut nous voir ici », a-t-il dit.

Je comprenais ce qu'il voulait dire. J'avais toujours préféré m'installer dans le coin d'une pièce. Ainsi, je pouvais voir tout ce qui se passait et je ne manquais rien de ce qui se passait derrière mon dos. Il semblait être d'accord avec moi.

Le film qu'il avait choisi était *Papillon*, l'histoire d'un prisonnier français envoyé en Guyane qui avait réussi une évasion impossible. Le choix du film m'avait surprise au début. Je ne m'attendais pas à ce qu'il choisisse une comédie romantique – après tout, c'est de Jonathan Mercier dont on parlait ici, mais ce genre d'histoire m'avait tout de même surprise. Bien que ça traitait surtout de loyauté, d'amitié, d'endurance, d'adversité et du désir d'être libre, je ne pouvais m'empêcher de trouver que c'était romantique d'une certaine façon parce que ça m'a fait ressentir diverses émotions.

Lorsque le générique a commencé à défiler et que les lumières se sont rallumées, j'ai regardé en direction de Jonathan. Il me regardait avec un air énigmatique.

« Et puis, qu'est-ce que tu as pensé du film? » a-t-il demandé.

« C'est le genre de film qu'il est difficile de dire qu'on a *aimé* parce que le sujet est assez dur et certaines scènes sont difficiles à regarder, mais c'est une histoire très touchante que j'ai aimée. Pourquoi as-tu choisi ce film? »

« Je me suis dit que tu aimerais ça, a-t-il dit en sortant un livre de sa poche arrière. C'est en fait basé sur une histoire vraie. Le type a même écrit un roman à propos de son histoire. » Il m'a tendu le livre. C'était un vieil exemplaire des années soixante-dix, avec une image délavée d'un papillon sur la couverture. Il était tout abimé à force d'avoir été lu et certains passages étaient soulignés. « Tu pourrais le lire et me dire ce que tu as préféré : le livre ou le film. »

« D'accord », ai-je dit en mettant le livre dans mon sac à dos.

« Est-ce que tu veux venir passer un peu de temps chez moi? » a-t-il demandé.

« J'aimerais bien, mais je dois être rentrée à la maison pour minuit. »

« Je te reconduirai à temps, ne t'en fais pas. »

Nous sommes allés chez lui. Il a arrêté son scooter devant l'entrée d'une énorme maison moderne à deux étages dans la partie la plus cossue de notre quartier. J'ai remarqué qu'il n'y avait pas d'auto stationnée dans l'entrée, ni dans le garage par où nous sommes entrés dans la maison. Ses parents n'étaient pas là.

Il m'a emmenée dans sa chambre, qui ne semblait pas du tout rangée. Il y avait des livres partout sauf sur les étagères, le lit n'était pas fait et des vêtements traînaient ici et là. Quelques affiches de groupes que je ne connaissais pas étaient accrochées aux murs. Il y avait un ordinateur dans un coin de la pièce, ainsi qu'un énorme lit, un sofa et une salle de bain privée. Le plus impressionnant était le plancher recouvert d'un épais tapis, tellement moelleux sous les pieds. Les murs étaient peints d'une teinte gris pâle, le plafond était blanc et il y avait une énorme porte patio qui ouvrait sur le balcon arrière, surplombant une piscine illuminée par des lumières immergées.

Il a sorti une clé de l'une de ses poches, a ouvert un tiroir et y a pris quelque chose que je n'ai pas remarqué. J'étais occupée à regarder les différents livres qui traînaient dans la pièce. La plupart traitaient d'histoire, mais également de psychologie, quelques biographies et un exemplaire du *Seigneur des anneaux* qui semblait avoir été lu au moins une centaine de fois.

Il s'est assis sur le sofa et c'est à ce moment-là que j'ai remarqué le papier à rouler qu'il avait sorti du tiroir. Il était en train de se rouler un joint. J'étais mal à l'aise. Je n'avais jamais consommé de drogue. Il a terminé de rouler le joint, puis s'est mis à fouiller dans le même tiroir, probablement pour y trouver un briquet, et s'est dirigé vers la porte patio.

« Tu viens? » a-t-il dit.

Je n'ai pas répondu et je l'ai suivi sur le balcon. On aurait dit que la cour arrière au grand complet avait été volée à un riche hôtel de Cuba et déménagée dans notre petite ville canadienne. Les petites lumières jaunes qui illuminaient la piscine créaient une atmosphère qui avait un effet calmant sur moi. Je pouvais voir un bain à remous recouvert d'une toile dans un coin et un bar rempli de bouteilles dans un autre. Il y avait d'énormes plantes tropicales dans des grands pots disposés sur le pavé autour de la piscine. Il y avait tout un ensemble de sofas dans un coin, recouvert par un gazebo avec de petites lumières pendouillantes qui brillaient doucement. Il n'y avait aucun voisin à l'horizon; la cour était délimitée par une haie d'arbres matures. C'était paradisiaque.

« Wow », ai-je murmuré.

Il a allumé le joint, pris quelques bouffées et me l'a tendu.

J'étais figée sur place. Je ne savais pas quoi faire puisque je n'avais jamais pris de drogue auparavant. J'avais déjà essayé des cigarettes avec Julie et Claire l'été avant de commencer l'école secondaire, mais je n'avais pas apprécié l'expérience. Ça m'avait étourdie et donné des haut-le-cœur. Je ne voulais pas que la même chose se produise devant Jonathan, j'avais tellement peur qu'il se moque de moi.

« J'ai entendu dire qu'on ne pouvait pas être gelé la première fois qu'on en consomme », ai-je dit.

« Et où as-tu entendu ça? » m'a-t-il demandé, en tenant le joint entre son index et son pouce. Il avait un petit sourire moqueur et une étincelle dans les yeux.

Je n'ai pas répondu.

« Ne t'en fais pas, je te promets que c'est du bon stock et que ça va te geler. Si tu le veux, bien sûr. »

J'ai pris le joint et j'ai inhalé quelques bouffées. La fumée est restée prise dans ma gorge et j'ai commencé à tousser. Il m'a dit de prendre des grandes inspirations et de les retenir aussi longtemps que possible, ce que j'ai fait. Après trois grandes bouffées, je lui ai redonné le joint.

Il a continué à le fumer en posant ses coudes sur la rambarde et en regardant au-delà de la piscine, à travers les arbres qu'il ne semblait pas voir.

À ce moment-là, j'ai remarqué toutes les étoiles qui se trouvaient dans le ciel. J'essayais sans y parvenir de localiser la Grande Ourse, la seule constellation que je connaissais. Plus je regardais intensément, plus je pouvais voir des étoiles dans le ciel noir et dégagé, mais je ne pouvais pas trouver celle que je cherchais. C'était de plus en plus frustrant.

« Je crois que tu es gelée », a-t-il dit.

J'ai baissé les yeux vers lui. Le joint avait disparu et il avait enlevé son manteau ainsi que ses souliers. Combien de temps avais-je passé à regarder le ciel?

J'ai souri et j'ai ressenti une vague de calme prendre le dessus, ce qui était un changement bienvenu comparé à l'anxiété que je ressentais la plupart du temps.

Il est rentré dans sa chambre et s'est assis sur son lit. Je me suis dirigée vers le sofa.

« Est-ce que tes parents savent que tu fumes? » ai-je demandé.

« Je ne suis pas certain. Même s'ils le savaient, je ne crois pas que ça les intéresserait beaucoup. »

« Où sont-ils? »

« Ils sont divorcés. Mon père habite en Arizona et ma mère est en France en ce moment, en visite chez des membres de sa famille pour une semaine ou deux. Est-ce que tu connais Joy Division? » a-t-il demandé avant de se lever et de se diriger vers son ordinateur.

« Non, qu'est-ce que c'est? »

« C'est un groupe de musique des années quatre-vingt. Gothique. D'Angleterre. Le chanteur s'est suicidé juste avant leur tournée inaugurale aux États-Unis. Toutes leurs chansons sont excellentes et chaque reprise qui a été faite est extraordinaire. En voici une de Nine Inch Nails. »

La musique a commencé à jouer et je me suis enfoncée un peu plus dans le sofa. Il est venu s'asseoir à côté de moi et a levé les yeux vers le plafond.

« Est-ce que tu as un rêve? » a-t-il demandé.

« Tu veux dire quelque chose que je veux faire de ma vie? »

« Oui, quelque chose que tu aimerais réaliser avant de mourir. »

Je suis restée silencieuse tout en réfléchissant à la question. Il a patiemment attendu la réponse, comme s'il savait que ça pouvait me prendre un certain temps, mais que j'allais finir par répondre.

« J'aimerais devenir écrivaine, ai-je dit, mais tout ce que j'écris est de la merde. »

Il s'est tu quelques minutes.

« C'est généralement signe que quelqu'un est un bon écrivain », a-t-il dit.

J'ai réfléchi à ce qu'il venait de dire pour quelques minutes, puis j'ai éclaté de rire.

« Qu'est-ce qui est si drôle? » a-t-il demandé.

« La première histoire que j'ai écrite était à propos d'une grenouille qui parlait. Je ne crois pas gagner de prix pour ça! »

Il a ri doucement. « As-tu faim? »

Je ne l'avais pas réalisé, mais j'étais morte de faim. Il n'a pas attendu que je réponde et s'est dirigé vers la porte. Je l'ai suivi.

Nous sommes descendus dans l'énorme cuisine moderne où il a retiré une pizza du congélateur.

« Cette pizza n'a l'air de rien, mais je t'assure que c'est la meilleure chose à manger lorsque tu es gelé. Le fromage fond dans la bouche et le pepperoni est juste assez croustillant. Tu vas adorer. »

Pendant que nous attendions que la pizza réchauffe dans le four, il s'est assis sur le comptoir et ses jambes se balançaient dans les airs à un rythme régulier. Il me regardait.

« Quoi? » ai-je demandé en riant.

« Approche », a-t-il dit.

J'ai fait quelques pas vers lui.

« Plus près », a-t-il dit.

J'ai fait quelques pas de plus. Il m'a attrapée par la taille et m'a attirée à lui. Il a repoussé une mèche de cheveux de mon visage, s'est penché et a déposé un doux baiser sur mes lèvres, comme s'il me demandait la permission.

À ce moment-là, j'ai eu l'impression que le temps s'accélérait. Il y a eu tellement d'idées qui m'ont traversé la tête au même moment que j'en étais étourdie. Au cours de la même soirée, j'avais eu mon premier rendez-vous avec un garçon, j'avais essayé de la drogue pour la première fois et j'étais maintenant en train d'échanger mon premier baiser. Avant même que je ne réalise ce qui était en train de se produire, il avait séparé ses lèvres des miennes et me regardait avec un air étrange et triste. « Tu n'es pas prête », a-t-il dit en sautant en bas du comptoir pour aller examiner la cuisson de la pizza. « Ça a l'air prêt », a-t-il dit en la sortant du four.

Il a préparé la table avec des assiettes, serviettes de table et ustensiles, puis nous a versé deux verres d'eau et a servi une moitié de pizza dans chacune des assiettes. J'étais un peu confuse par ce qui venait de se passer et j'étais restée clouée sur place.

« Allez, viens manger, tu dois être affamée », a-t-il dit.

J'ai décidé de l'écouter et je me suis assise, puis j'ai coupé un morceau de pizza sur lequel j'ai soufflé avant d'en prendre une bouchée. Mon dieu, il avait raison! Le fromage fondant, la sauce à l'ail et le pepperoni croustillant créaient une incroyable combinaison de saveurs. J'ai fermé les yeux et je me suis concentrée sur le goût.

Je l'ai entendu rigoler. J'ai ouvert les yeux pour constater qu'il me regardait avec un grand sourire.

« Ça fait trois minutes que tu mastiques le même morceau de pizza avec les yeux fermés et un air d'extase sur le visage, a-t-il dit. Ça aurait fait une bonne photo. »

J'ai commencé à rire avec lui.

Nous avons fini la pizza en discutant du film et il m'a laissé le dernier morceau. Lorsque nous avons terminé, il s'est levé pour ramasser les assiettes et les verres avant de nettoyer la table.

« On ferait mieux d'y aller, a-t-il dit, si tu veux rentrer à la maison à temps. »

J'ai regardé l'horloge sur le four. Il était déjà onze heures trente. Comme le temps était passé vite!

Il m'a ramenée à la maison sur son scooter et l'air frais sur mon visage m'a ramenée sur terre. En arrivant chez moi, je ne me sentais presque plus gelée, ce qui était une drôle de sensation, un peu comme si mon cerveau se refroidissait après avoir surchauffé.

Je suis descendue du scooter et je lui ai rendu son casque. Il l'a déposé sur le scooter, puis il s'est tourné vers moi pour me prendre dans ses bras. Ma tête reposait sur sa poitrine et je pouvais le sentir respirer sous son manteau de cuir. Je me sentais au chaud et étrangement en sécurité. Il m'a laissée partir après quelques instants et m'a donné un baiser sur le front.

« Passe une bonne nuit, a-t-il dit. On se voit demain à l'école. »

Puis il est parti.

Je suis restée sur place un moment en essayant d'assimiler ce qui venait de se passer. J'avais l'impression que tout n'avait été qu'un rêve. J'aurais aimé être sobre pour pouvoir en profiter pleinement. Tout était embrouillé dans ma tête; je savais qu'il m'avait embrassée, mais je ne me souvenais pas de comment je m'étais sentie. Je ne pouvais m'empêcher d'être un peu triste à cause de cela. Mon premier baiser et je m'en souvenais à peine.

Puis, je suis entrée dans la maison. Mes parents étaient encore éveillés, mais ils étaient au lit en train de lire. Je les ai entendus me souhaiter bonne nuit en passant devant leur porte. Je leur ai répondu, puis je me suis dirigée vers ma chambre. Je me sentais soudainement épuisée. J'ai enlevé mes vêtements en les laissant tomber au sol, puis je me suis couchée. Je n'ai pas pris la peine de régler une alarme car je savais que mon père allait me réveiller le lendemain matin. Ça a été une de mes meilleures nuits de sommeil. Je n'ai même pas fait de cauchemar.

Quelques jours plus tard, j'étais en train de ramasser mes livres à la fin de mon cours de mathématiques lorsque je l'ai aperçu dans le couloir. Il était accoté à une fenêtre et le soleil illuminait ses cheveux brun doré. J'ai réalisé à ce moment-là à quel point il était beau. Il ne me regardait pas; il semblait regarder tous ceux qui passaient devant lui sans les voir. Il avait l'air triste, comme s'il était plein de chagrin à l'intérieur.

Je me suis approchée de lui en toussant et il a levé la tête. Son expression a changé; j'ai vu une étincelle dans ses yeux ainsi que le coin de sa bouche esquisser un demi-sourire.

« Qu'est-ce que tu fais vendredi soir? » a-t-il demandé.

« Je suis censée aller chez Catherine. Il va y avoir quelques personnes de l'école et on va y passer la nuit. »

« Que dirais-tu de venir avec moi voir un spectacle de Primus à la place? »

« Primus? »

« Oui, c'est un groupe *funky*; tu vas adorer. »

Comment faisait-il pour toujours savoir ce que j'allais aimer? J'ai réfléchi pendant une minute alors qu'en fait, le choix était assez facile à faire. Je pouvais aller chez Catherine et passer la soirée à me sentir gênée et à ne parler à personne ou je pouvais sortir avec ce garçon qui m'avait embrassée et qui me demandait de sortir avec lui à nouveau. Je l'aurais suivi n'importe où.

« Je crois que Catherine va me pardonner si je lui fausse compagnie », ai-je dit.

« Bonne réponse, a-t-il répondu avec un sourire. Je viendrai te chercher à cinq heures, comme ça on pourra aller souper avant le spectacle. »

Lorsque vendredi est arrivé, j'étais très excitée à l'idée de sortir avec lui encore une fois. Je me rendais compte au fil des jours que je pensais de plus en plus à lui. Je me demandais ce qu'il faisait, ce à quoi il pensait, s'il s'ennuyait dans sa grande maison vide, s'il était en train de lire un livre historique quelque part avec son air intello et mystérieux.

Je n'avais aucune idée de comment j'allais m'habiller pour le spectacle. C'est l'avantage de porter un uniforme à l'école, on n'a jamais à se poser des questions. Tout le monde a le même *look*. En ce qui concerne les tenues de ville, comme Jonathan l'avait dit, je n'avais pas vraiment de style. J'étais complexée par mon apparence, alors je portais la plupart du temps des vêtements amples pour me camoufler. Ma couleur préférée avait toujours été le noir pour aller avec mes cheveux.

J'ai opté pour un jean noir, des bottes militaires à lacets, un T-shirt noir délavé et un kangourou noir. J'ai aplati mes cheveux, mais je ne me suis pas maquillée. C'était quelque chose que je ne faisais jamais et je n'aurais même pas su par où commencer. La seule fois où j'avais mis du maquillage à l'école, mes camarades de classe m'avaient dit que je ressemblais à Marilyn Manson. Ce n'était pas exactement le *look* que j'avais voulu adopter. Alors je n'en ai plus jamais remis par la suite. J'ai pris mon sac à dos, que je traînais partout avec moi, plutôt qu'une sacoche comme les autres filles, et je me suis dirigée vers la porte.

En arrivant dans la salle de concert, je me suis tout de suite sentie assaillie par l'odeur de fumée et de sueur qui émanait de toutes les personnes entassées dans la pièce. Je ne me sentais pas à l'aise, je n'avais jamais aimé les foules, surtout si je ne voyais pas de sortie de secours. Mon cœur a commencé à battre un peu plus vite dans ma poitrine, alors je me suis rapprochée de Jonathan qui était en train d'essayer de repérer la meilleure place pour s'installer. Il a mis son bras autour de mes épaules et a dit « Ne t'en fais pas, tu es en sécurité ici avec moi. »

Je me suis encore demandé comment il faisait pour lire mes pensées. Il a pris ma main dans la sienne et m'a entraînée plus loin dans la pièce, près de la scène.

« C'est le meilleur endroit, a-t-il dit. Les gens vont probablement créer un *mosh pit* dans les premières rangées, mais on devrait être bien ici. Si quelque chose arrive et que tu me perds de vue, tu n'as qu'à aller m'attendre près du bar là-bas. Je vais aller nous chercher quelque chose à boire. Tu veux une bière? »

J'ai hoché la tête. Je n'étais pas certaine de comment il allait réussir à nous acheter des bières puisque nous n'avions pas l'âge légal et qu'on nous avait estampé des X sur les mains à l'entrée. Mon regard a rapidement été attiré par trois garçons portant des masques en forme de cochons qui sont venus s'installer à côté de moi. Ils m'ont fait un salut de la tête et ont sorti des ballons, le genre de longs ballons qu'on peut tordre pour fabriquer des animaux, comme le font les clowns. Je ne pouvais pas détourner mon regard. L'un d'eux a fait un collier en forme de saucisses et me l'a mis autour du cou. Un autre m'a tendu un joint et je l'ai pris pour en inhaler quelques bouffées. Je ne me suis pas étouffée à cause de la fumée cette fois-ci.

Quand Jonathan est revenu avec nos bières, je sentais déjà un *buzz* commencer à se former. Il m'a tendu ma bière et m'a dit sur un ton sérieux : « Je vois que tu as commencé à t'amuser sans moi. »

J'ai pointé du doigt les trois garçons qui se tenaient à côté de nous et qui étaient en train de fumer ce qu'il restait du joint. Il a haussé les épaules et a pris une gorgée de sa bière. Puis, les lumières se sont éteintes et nous avons entendu les premières notes de basse émaner de la scène.

Jonathan avait raison, les gens dans les cinq premières rangées se sont mis à faire du *mosh-dancing*, mais ça ne s'arrêtait pas très loin d'où nous étions.

Je n'avais jamais entendu ce groupe auparavant mais, encore une fois, Jonathan avait raison : j'aimais bien ça. Le joueur de basse, qui était également le chanteur, semblait être un type tout à fait normal qui aimait simplement jouer de son instrument. Il n'y avait pas un gros spot de lumière sur lui et il ne donnait pas un *show*. Il ne faisait qu'être là, son visage dans la pénombre, regardant sa basse et jouant une chanson rapide et plutôt funky. Je dodelinais de la tête au rythme de la musique en bougeant un peu mon corps. J'aimais la sensation de la basse, tellement forte qu'elle réverbérait partout dans mon corps. La seule chose qui aurait pu rendre l'expérience meilleure aurait été que je connaisse les paroles des chansons, mais il semblait chanter des idioties insensées à ce que je pouvais comprendre. L'important, c'était la musique. Je m'amusais bien.

Après environ une heure, ils ont commencé à jouer plus intensément avec la guitare électrique et le *mosh pit* s'est élargi. À environ la moitié de la chanson, quelqu'un est sorti du *pit* comme une flèche en perdant l'équilibre et en se dirigeant directement vers moi. Mon verre de bière vide a volé dans les airs lorsqu'il m'a percutée violemment avec son coude. J'ai lâché un cri, perdu l'équilibre et commencé à chanceler sur le côté quand j'ai senti les bras de Jonathan autour de ma taille, qui me ramenaient sur mes pieds.

Il a continué à me tenir ainsi pendant quelques secondes et m'a demandé si j'allais bien.

« Ça va, ai-je dit, mais je suis certaine que je vais avoir un gros bleu sur mon bras. Il m'a frappée vraiment fort avec son coude. Ça fait encore mal. »

« Allez, viens, sortons d'ici », a-t-il dit en m'agrippant le poignet pour m'entraîner vers l'extérieur. L'air frais de la soirée était une sensation bienvenue après avoir été enfermée pendant une heure dans une salle de spectacle enfumée. J'ai pris une grande respiration et j'ai suivi Jonathan dans une ruelle avoisinante. Il a étendu son manteau par terre sur le bord du trottoir et m'a fait signe de m'asseoir. Puis, il s'est installé à côté de moi et a pointé du doigt mon bras.

« Laisse-moi voir », a-t-il dit en commençant à rouler ma manche.

« Non! » ai-je crié immédiatement.

Il m'a regardée d'un air confus.

« Je suis désolée, ai-je dit, c'est seulement que . . . ce n'est pas la peine de jeter un coup d'œil, je suis certaine que je ne saigne pas. C'est seulement une ecchymose, ça va disparaître rapidement. »

Il a plissé les yeux en continuant de me regarder, mais il n'a pas répliqué.

« Est-ce que tu as aimé la musique? » a-t-il demandé.

« Oui, surtout la dernière chanson, qui était un peu plus *heavy* que les autres. C'est *funky*, mais ça me rappelle le métal en même temps, j'aime vraiment ça. »

« Claypool est un joueur de basse extraordinaire, a-t-il dit. J'aimerais être aussi bon que lui. »

« Tu joues de la basse? » ai-je demandé.

« Eh bien, j'en ai une et je m'y suis essayé, mais je ne suis pas tellement bon. Ça n'aide pas que je n'aie personne avec qui jouer. La basse est un instrument de base, qui crée le rythme d'une chanson, alors ce n'est pas tellement amusant de jouer pour soi-même. Mais Claypool est différent, il fait de la basse le point de focus de sa musique, c'est ce que j'aime dans ce groupe. »

« J'aime vraiment ça aussi », ai-je ajouté.

« Super, a-t-il dit avec un demi-sourire. Tu veux retourner à l'intérieur? »

« Certainement, allons-y », ai-je répondu en me relevant.

Nous sommes retournés dans la salle pour voir le restant du spectacle et je m'amusais tellement que j'avais même envie de me joindre au *mosh pit*. J'ai décidé que ce n'était pas une bonne idée à cause de mon bras. Je le sentais déjà en train d'enfler et de m'élancer. Ça ne me dérangeait pas, la musique était suffisamment bonne pour que je puisse me concentrer sur quelque chose d'autre que la douleur.

Quand le groupe a terminé la dernière chanson, tout le monde attendait pour un rappel.

« Allez, allons-y », a-t-il dit.

« Mais ils ne reviennent pas pour un rappel? »

« Non, ce n'est pas leur genre. C'est terminé. »

En retournant vers son scooter, je ne pouvais m'empêcher de me sentir coupable de la façon dont j'avais crié après Jonathan lorsqu'il avait voulu regarder mon bras. Son intention était juste de m'aider et j'avais réagi vigoureusement parce que je ne voulais pas qu'il voit mon bras couvert de cicatrices. J'avais trop peur qu'il me trouve dégoûtante et ne veuille plus jamais me parler. Je ne voulais pas risquer qu'il me rejette. Dans ma vie, les gens m'avaient déjà abandonnée pour beaucoup moins que ça.

« Tu es plutôt silencieuse », a-t-il dit.

« Hein? Eh bien, c'est que je suis plutôt gênée. »

« Tu n'es pas gênée. Tranquille, mais pas gênée. »

Je me suis demandé ce qui lui faisait dire cela. Ce n'était pas comme s'il me connaissait si bien. Je n'ai pas répondu.

« J'aime les gens silencieux, a-t-il dit. Certaines personnes pensent qu'elles doivent toujours parler pour meubler le silence, mais moi j'aime le silence. Je crois que si tu peux passer du temps avec quelqu'un sans être inconfortable, ni te sentir obligé de parler, ça veut dire que vous avez une véritable connexion. »

Comme la plupart de ses réflexions sur la vie, c'était vrai.

Comme je ne répondais pas, il m'a demandé : « Est-ce que tu ressens cette connexion avec moi? »

« Oui, ai-je murmuré. Je sens que je peux te parler et que tu vas écouter ce que j'ai à dire. »

Il a mis son bras autour de mes épaules et nous avons marché le reste du chemin jusqu'à son scooter, puis nous avons embarqué et commencé à rouler vers chez moi.

Lorsque nous sommes arrivés, je suis descendue du scooter et lui aussi. Il a enlevé son casque et s'est accoté sur l'engin.

« Je me suis vraiment bien amusé ce soir ».

« Moi aussi, ai-je dit. Merci de m'avoir invitée. »

« Ça m'a fait plaisir », a-t-il dit en se penchant pour m'embrasser.

J'ai fermé les yeux et j'ai laissé ses lèvres venir aux miennes. Elles n'étaient pas pressées, elles ne faisaient que se frotter contre les miennes pour un long baiser sans trop insister. Cette fois-ci, par contre, j'ai ressenti le besoin de l'embrasser en retour. J'ai posé mes mains sur ses épaules et je me suis rapprochée de lui tout en commençant à répondre à ses mouvements. C'était étrange, mais dans le bon sens du terme. C'était comme si on parlait sans avoir à utiliser des mots. Il m'a dit qu'il aimerait me connaître davantage et je me suis ouverte à lui, tranquillement. Puis, il a mis fin au baiser, a posé son front contre le mien et m'a regardée dans les yeux.

« Je ferais mieux d'y aller, ai-je dit, avant que mes parents ne nous voient à travers la fenêtre. »

« Bonne nuit. On se voit la semaine prochaine à l'école », a-t-il murmuré en me donnant un baiser sur le front.

Il est parti et je suis entrée dans la maison. Toutes les lumières étaient éteintes car tout le monde dormait. J'ai essayé de faire le moins de bruit possible en évitant les endroits où je savais que le plancher allait craquer dès que j'y mettrais le pied. Je me suis rendue à ma chambre sans réveiller personne, j'ai fermé la porte et allumé la lampe sur ma table de chevet. Je me suis assise sur mon lit, avec mes doigts sur mes lèvres. Je pouvais encore sentir ses lèvres contre les miennes et sur mon front où il avait déposé un petit baiser. Je suis restée ainsi un bon moment, avec les yeux fermés, à essayer de me souvenir du moment. Puis, j'ai enlevé mon kangourou et mon T-shirt et j'ai jeté un coup d'œil à mon bras. L'ecchymose qui était déjà en train de virer au bleu, couvrait la majorité de mes cicatrices boursouflées. Je me suis demandé ce qu'il aurait pensé s'il les avait vues. C'était une bonne chose que je l'en aie empêché. Il m'aurait trouvée dégoûtante.

J'ai enlevé le reste de mes vêtements, mis une chemise de nuit et éteint la lumière. Cette nuit-là, j'ai rêvé que j'embrassais Jonathan, mais j'étais beaucoup plus près de lui dans mon rêve, je pressais mon corps contre le sien. Je me suis réveillée juste quand il allait enlever mon chandail.

« Donc vous avez fini par vous ouvrir à quelqu'un, a dit Linda lorsque j'ai fait une pause dans mon récit. Qu'est-ce qu'il y avait chez Jonathan qui vous a rendue assez à l'aise pour être vulnérable en sa présence? »

« Hmmm . . . C'est une bonne question. C'est difficile à expliquer, mais j'ai toujours eu l'impression qu'il me comprenait sans que j'aie besoin de tout lui expliquer. Par exemple, durant le spectacle, je n'avais pas eu besoin de lui dire que le fait d'être dans une foule me rendait anxieuse. Il l'avait deviné en voyant ma réaction. »

« C'était donc une personne perspicace », a dit Linda.

« Oui, très perspicace. Il remarquait des choses à propos de moi que je n'avais même pas remarquées moi-même. Il agissait comme un miroir dans lequel je n'avais pas peur de me regarder. »

J'ai commencé à réfléchir quelques instants avant de reprendre : « Il comprenait aussi que je ne parlais pas beaucoup mais il ne me trouvait pas ennuyeuse pour autant. J'étais persuadée qu'il portait vraiment attention à ce que je disais lorsque je parlais. »

« Donc, vous aimiez qu'il vous écoute. À ce que je comprends, ce n'est pas quelque chose que vous pouviez obtenir du reste des gens dans votre entourage. »

« Exactement. »

« D'accord, je vais prendre quelques notes à ce sujet. De cette façon, nous allons pouvoir peindre un portrait du genre de personne dont vous avez besoin dans votre vie pour vous sentir en sécurité. Ça va nous aider à déterminer ce que vous devriez rechercher dans une relation ultérieure. »

« Je vois. »

« Vous pouvez continuer. Est-ce que les choses sont allées plus loin avec Jonathan? »

« Ça a pris un certain temps parce qu'il a disparu à ce moment-là. »

Le lundi suivant, j'ai pris plus de temps qu'à mon habitude pour ramasser mes livres dans mon casier dans l'espoir de le voir, mais je ne l'ai pas aperçu. J'ai trouvé ça bizarre car il était toujours ponctuel. *Je vais le voir dans le cours de mathématiques cet après-midi*, ai-je pensé.

J'ai continué à vaquer à mes occupations en essayant de ne pas trop penser à Jonathan, mais lorsque le cours de mathématiques est arrivé, il n'y était pas. Personne n'avait semblé le remarquer ou s'en préoccuper. Le professeur ne prenait même pas les présences. J'ai passé le restant du cours à essayer de me concentrer sur ce que le professeur racontait, mais je ne pouvais m'empêcher de me demander où il pouvait bien être.

Il ne m'a pas appelée ce soir-là non plus. J'étais de plus en plus anxieuse. Est-ce que je devais l'appeler? Est-ce que je devais aller chez lui?

J'ai fini par me décider à l'appeler. Un homme a répondu au téléphone.

« Bonjour! Est-ce que je pourrais parler à Jonathan s'il-vous-plaît? »

« Qui parle? » a-t-il demandé sur un ton très sec.

« Hum, Mélinda . . . Je suis une amie de Jonathan. »

« Il n'est pas ici pour l'instant », a-t-il répondu avant de raccrocher sans même me demander s'il pouvait lui faire un message.

Wow, quelle impolitesse, ai-je pensé.

J'étais dégoûtée par ses mauvaises manières, alors je n'ai pas osé rappeler pendant plusieurs jours. Mais l'absence de Jonathan à l'école me préoccupait toujours. Et si quelque chose lui était arrivé? Est-ce que cet homme me l'aurait dit? Est-ce qu'il s'en serait seulement préoccupé?

Après quelques jours de plus, j'ai décidé que c'en était assez, je devais découvrir ce qui se passait. Après l'école, je suis rentrée chez moi et j'ai tout de suite enfourché ma bicyclette pour me rendre dans le quartier cossu où il habitait. J'ai ralenti en passant devant sa maison. Il y avait une auto dans l'entrée qui, j'ai présumé, appartenait à sa mère, mais son scooter n'était nulle part. Comme je n'avais aucune envie de faire face à nouveau à celui que j'imaginais être le copain de sa mère, je suis rentrée à la maison en me sentant encore plus déprimée qu'auparavant. Où pouvait-il bien être?

« Nous devons nous arrêter pour aujourd'hui, a dit Linda, mais nous avons beaucoup d'autres sujets à explorer lors de notre prochaine séance. Nous allons nous arrêter ici pour le moment. »

TROISIÈME SÉANCE

« Aujourd'hui, j'aimerais qu'on parle de votre relation avec votre famille, plus particulièrement votre sœur. J'aimerais comprendre pourquoi vous ne vous entendez pas bien », a dit Linda.

« Je peux vous donner un exemple de la raison pour laquelle nous ne nous parlons pas beaucoup », ai-je répondu.

Jonathan était absent de l'école depuis une semaine et j'étais de plus en plus déprimée. Je me demandais si j'avais fait quelque chose de mal ou si quelque chose de terrible lui était arrivé. J'ai décidé d'en parler à ma sœur. Comme je l'ai déjà dit, nous n'étions pas très proches, mais je me sentais assez seule pour essayer de lui parler. J'ai frappé à sa porte et elle m'a invitée à entrer. Sa chambre avait toujours été bordélique et ce n'était pas différent aujourd'hui. Il y avait des vêtements éparpillés partout sur le plancher en bois, son lit n'était pas fait et recouvert d'une multitude de couvertures sous lesquelles elle aimait dormir. J'avais toujours aimé son lit, avec tous les oreillers confortables. Les murs de sa chambre étaient peints en rose pâle avec le plafond et les portes en blanc. Un mur était peint en noir et recouvert de photos de ses amis ainsi que de ses acteurs et groupes de musique préférés. Dans un coin se trouvait un petit bureau avec une chaise et un grand miroir. C'était l'endroit où elle s'installait pour se maquiller et se coiffer les cheveux. J'avais toujours été surprise par la quantité de produits qui traînaient sur ce bureau. C'était comme si elle avait acheté tout le rayon beauté d'un Pharmaprix. Il y avait une large commode blanche à côté de son lit ainsi que deux tables de chevet, blanches également, recouvertes de magazines, CDs, baumes à lèvres, d'accessoires à cheveux et autres produits divers. Je suis entrée dans sa chambre, me suis assise sur le lit et j'ai pris un magazine *Cool!* qui traînait. Il était ouvert à la page d'un test de personnalité qu'elle avait commencé à remplir.

« Qu'est-ce que tu fais ce soir, Émilie? » ai-je demandé en feuilletant le magazine et en regardant distraitement les photos de Brad Pitt et de son dernier film.

« L'histoire officielle est que je m'en vais chez mon amie Sabrina pour y passer la nuit. La vraie histoire est que je sors avec un garçon. Il s'appelle Alexandre et il a vingt ans. Il est tellement beau, avec des longs cheveux blonds et des yeux bleus. Il me rappelle un peu Brad Pitt dans *Légendes d'automne*, tu sais? Nous nous sommes rencontrés la semaine dernière à une fête et on s'est tout de suite plu. Il aime le même genre de musique que moi et il m'a demandé s'il pouvait m'emmener au cinéma ce soir. Je ne sais pas ce qu'on va aller voir, il m'a dit que ce serait une surprise. Il a même une auto, peux-tu le croire? Je me sens comme si j'étais dans un film, un garçon va venir me chercher dans sa propre auto. Mais pas ici, car maman et papa ne me laisseraient jamais sortir avec lui. Il doit venir me chercher chez Sabrina à huit heures. Je lui ai dit que c'est là que j'habitais. Il ne découvrira jamais que c'est un mensonge s'il ne vient pas sonner à la porte et m'attend à l'extérieur comme je le lui ai demandé. Hé, qu'est-ce qui irait mieux avec ma robe selon toi, le collier ou le choker? »

« Je choisirais le choker . . . »

« Je crois que le collier serait mieux. Je n'aime pas tellement les chokers, ça me pique toujours lorsque j'en porte et je ne peux pas m'arrêter de jouer avec. Je ne veux pas avoir le cou tout rouge et boursouflé lorsqu'il va venir me chercher. J'espère qu'il ne me fera pas de sucette! Est-ce qu'un garçon t'a déjà fait ça? Probablement pas. C'est gênant. Le garçon veut montrer que tu lui appartiens et pour le prouver, il te fait une grosse ecchymose qui vire au jaune après quelques jours. Ce n'est vraiment pas agréable et tu dois porter quelque chose autour de ton cou pour le dissimuler. »

Elle a continué à parler sans arrêt en terminant de placer ses cheveux avec des petites pinces en forme de papillon, appliquant du rouge à lèvres luisant et cherchant dans sa garde-robe les sandales plate-forme qu'elle voulait porter. Elle s'est regardée dans le miroir une dernière fois avant de se mettre à la recherche de sa sacoche.

Je l'ai aperçue sur le lit, à demi cachée par une couverture et je la lui ai tendue. Elle l'a prise en souriant avant de regarder à l'intérieur pour être certaine que son portefeuille y était.

« Eh bien, de quoi j'ai l'air? Est-ce que j'aurais dû choisir la robe rose plutôt que celle-ci? J'ai peur d'avoir l'air grosse. Est-ce que j'ai l'air grosse? Bof, je n'ai plus le temps de me changer maintenant. Je dois y aller si je ne veux pas être en retard. Passe une belle soirée », a-t-elle dit avant de franchir le pas de la porte en fermant les lumières derrière elle, me laissant seule dans le noir.

Ça m'aurait fait rire si seulement je n'avais pas été aussi déprimée. Vous voyez pourquoi je dis qu'elle prend beaucoup de place? Je crois qu'elle n'a même pas réalisé que j'étais venue la voir pour lui parler. Bon, j'avais peut-être choisi un mauvais moment parce qu'elle m'avait dit qu'elle sortait, mais elle n'a même pas pris la peine de me demander comment j'allais. Je n'ai pas réussi à placer un mot.

« Donc, il se passait beaucoup de choses dans la vie de votre sœur à ce moment-là », a dit Linda. « Est-ce que c'était la même chose pour vos parents? »

« Eh bien, comme je vous l'ai déjà dit, notre vie semblait parfaite de l'extérieur, mais il ne fallait pas se fier aux apparences. »

Lorsque j'avais treize ans, pas longtemps après mon accident où je me suis cogné la tempe sur ma tête de lit, je suis allée passer quelques jours chez ma grand-mère. Elle m'apprenait à tricoter et nous faisions le ménage chez elle en écoutant la radio. Je lui avais dit que j'allais devoir me faire enlever mes points de suture dans quelques jours et que ça me rendait anxieuse; j'avais peur que ça fasse aussi mal que lorsque les docteurs m'avaient recousue. Elle m'a dit de ne pas m'en faire, que de nos jours les médecins avaient toutes sortes de médicaments pour apaiser la douleur et que je ne sentirais probablement rien du tout. Elle voulait me montrer que c'était beaucoup plus difficile à son époque, alors elle m'a raconté son opération pour se faire enlever la vésicule biliaire lorsqu'elle était adolescente. Elle a relevé son chandail pour me montrer la cicatrice laissée sur son ventre. J'ai été étonnée. On aurait dit que quelqu'un l'avait charcutée avec une hache. La cicatrice formait une diagonale tout le long de son ventre. Ça avait dû faire très mal. Elle m'a dit que de nos jours, les personnes qui subissaient la même opération n'avaient que de minuscules cicatrices.

« La médication aujourd'hui est bien meilleure. Prends ta mère, par exemple . . . »

Elle s'est arrêtée subitement, comme si elle venait de réaliser qu'elle avait dit quelque chose de mal. J'étais perplexe. À ma connaissance, ma mère n'avait jamais eu de chirurgie. Je ne savais pas de quelle opération ma grand-mère voulait parler. C'est à ce moment-ci que cette dernière m'a demandé de m'asseoir et a commencé à me raconter un secret. Elle m'a dit qu'après la naissance d'Émilie, ma mère était tombée enceinte et avait subi un avortement. Je n'ai su le reste de l'histoire que bien des années plus tard. J'ai appris alors que ma mère avait eu une liaison avec un homme du quartier qu'elle avait rencontré à la piscine publique. Ma grand-mère m'a fait promettre à ce moment-là de ne jamais en parler à personne car ça détruirait ma famille. Je lui ai demandé si mon père était au courant et elle m'a répondu que oui, mais elle a à nouveau insisté pour que je n'en parle pas car mes parents lui en voudraient de m'avoir révélé ce secret.

J'ai promis à ma grand-mère que je ne dirais pas un mot car je ne voulais pas qu'elle ait des problèmes, mais c'était une nouvelle bouleversante pour moi. Je n'ai pas su toute l'histoire à ce moment-là, mais j'en avais appris suffisamment pour commencer à me poser de sérieuses questions. Ma mère était tombée enceinte avant ma naissance et n'avait pas voulu garder le bébé. Pourquoi est-ce qu'ils m'avaient eue par la suite alors? Est-ce que j'étais voulue ou j'étais un accident? Le pire était de n'avoir personne avec qui en parler. Je ne croyais pas que ma sœur puisse garder ce secret.

« Wow, a dit Linda. C'est un énorme fardeau à mettre sur les épaules d'une jeune fille de seulement treize ans. Est-ce que vous pouviez au moins en parler avec votre grand-mère? Est-ce qu'elle a répondu à vos questions? »

« Pas vraiment. Elle m'avait fait promettre de n'en parler à personne, y compris à elle. Je suis certaine qu'elle se sentait coupable de me l'avoir dit, mais elle ne voulait pas que sa fille soit en colère contre elle. »

« Et vous avez dit que votre sœur est également tombée enceinte et a dû se faire avorter à un jeune âge. J'imagine que cela a rappelé beaucoup de souvenirs douloureux à vos parents. »

« C'est probablement la raison pour laquelle ils n'ont jamais voulu qu'on en parle. Nous faisions tous comme si tout allait bien et on présentait une façade de famille parfaite. Pourtant, dans le fond, nous ne discutions pas de nos plus gros problèmes. »

« Vous avez donc grandi dans un environnement où il était mal vu de parler de vos sentiments. »

« Exactement. Mes parents se sont toujours bien occupés de moi, je le réalise aujourd'hui, mais à l'époque j'avais vraiment de la difficulté à gérer mes émotions. Je ne savais pas quoi en faire, alors j'essayais de les réprimer autant que possible puisque je n'avais personne à qui en parler. »

« Sauf pour Jonathan, qui est la seule personne qui vous écoutait selon vous. »

« Oui, mais il avait disparu . . . »

Après la conversation avec ma sœur, j'ai passé le week-end à la maison à regarder des films et j'ai commencé à lire le livre que Jonathan m'avait donné. C'était la seule chose qui pouvait me rapprocher de lui. Je n'étais rendue qu'à la moitié, mais je savais déjà que j'allais lui répondre que je préférais le livre au film, probablement parce qu'il avait été écrit par le protagoniste lui-même, ce qui rendait l'histoire plus personnelle. Alors que le film, bien que très bon, était une interprétation de l'histoire de quelqu'un d'autre. J'étais captivée par le livre.

Le lundi, lorsque j'ai pris l'autobus pour aller à l'école, mon cœur battait dans ma poitrine. Est-ce qu'il serait présent aujourd'hui? J'ai ressenti une vague de soulagement lorsque j'ai vu son scooter dans l'espace de stationnement désigné sur le côté de l'école. Il m'était facile de savoir lequel était le sien car premièrement, il n'y avait pas beaucoup d'adolescents qui avaient la permission de leurs parents de conduire un scooter à quatorze ans et puis deuxièmement, il avait ajouté des poignées et des jantes bleues pour le distinguer.

Il était donc de retour! Il était en vie. En me rendant à mon casier, je me suis demandé s'il y serait en train de m'attendre. Il n'y était pas. Il n'était pas à son casier non plus. Je me suis dit qu'il avait dû se rendre immédiatement en classe avant que la cloche ne sonne. Je me suis donc dirigée vers le casier de Catherine et je suis arrivée juste à temps pour l'entendre dire qu'elle était en train de planifier une fête pour son anniversaire. Elle nous a expliqué qu'elle vivait non loin d'un cimetière et qu'elle aimerait qu'on aille y jouer au Ouija. Je n'étais pas vraiment emballée par cette idée, mais c'était mon amie malgré ses goûts bizarres et je lui ai dit que je serais de la partie. Je savais déjà ce que j'allais lui acheter comme cadeau : une paire de bottes à lacets que nous avions vues ensemble au centre commercial. Je savais qu'elle allait les aimer.

Mon premier cours était un cours de français mais Jonathan n'était pas dans cette classe avec moi. Il s'agissait d'un cours à option et il avait choisi journalisme à la place. Par contre, Catherine assistait à ce cours, donc nous nous sommes assises l'une à côté de l'autre. La cloche a sonné et le professeur a commencé son discours sur la littérature franco-canadienne, ce qui ennuyait tout le monde. À un certain moment, j'ai remarqué que Catherine était étendue sur son bureau avec un air un peu absent. J'ai fait une mimique pour lui demander si tout allait bien. Elle m'a souri et s'est redressée. Elle a porté ses mains à sa gorge tout en me regardant et les a pressées ensemble pour s'étouffer. J'étais perplexe. Elle a lâché prise après quelques instants et s'est recouchée sur son bureau avec un air béat. Je n'étais pas certaine de comprendre ce qui s'était passé, mais elle avait l'air de bien aller. Peut-être que s'étouffer était un moyen de se procurer du plaisir, je n'en savais rien. Mais je savais que je n'avais pas envie d'essayer malgré ses gesticulations qui m'invitaient à le faire. Je l'ai ignorée et j'ai continué à écouter ce que le professeur racontait à propos de Gabrielle Roy.

La cloche a finalement sonné et je me suis dirigée vers mon cours de mathématiques. Je savais que Jonathan y serait et j'avais hâte de le voir. Je l'ai repéré, assis à l'arrière de la classe près de la fenêtre. Sa tête était penchée sur un cahier de notes dans lequel il était en train d'écrire. Je me suis approchée et je me suis assise à côté de lui. Lorsqu'il a relevé la tête, j'ai tout de suite remarqué qu'il avait un œil au beurre noir. On aurait dit qu'il avait été frappé quelques jours plus tôt; l'ecchymose avait commencé à tourner au violet avec un peu de jaune. Ça avait l'air très douloureux.

« Oh mon dieu, qu'est-ce qui t'est arrivé? » me suis-je écriée.

Il m'a souri faiblement et m'a dit que ce n'était rien, qu'il allait me raconter plus tard.

J'étais vraiment inquiète. La classe a commencé, alors nous devions écouter ce que le professeur disait.

Environ vingt minutes après le début de la classe, Jonathan m'a passé une note. Il avait écrit : *Est-ce que tu as passé une belle fin de semaine?*

J'étais confuse. Il avait l'air d'avoir traversé des moments difficiles et il voulait savoir si j'avais passé un bon week-end? Il se préoccupait de mes sentiments?

Je lui ai répondu : *Oui. J'ai commencé à lire le livre. Tu m'as manqué la semaine dernière.*

Il n'a pas répondu. On aurait dit qu'il ne voulait pas en parler et je considérais que nous n'étions pas assez proches pour que j'insiste. J'ai décidé de laisser tomber; il me parlerait lorsqu'il serait prêt.

Cinq minutes avant la fin du cours, il m'a passé un autre morceau de papier qui disait : *Attends-moi après les cours dans le stationnement.* Je l'ai regardé et j'ai hoché la tête.

J'ai terminé un peu avant lui, alors je l'ai attendu à côté de son scooter à la fin de la journée. Je l'ai vu tourner le coin de l'immeuble et se diriger vers moi avec ce regard triste qui semblait s'être aggravé au courant de la dernière semaine.

« Hé! » ai-je dit.

« Hé. J'aimerais t'emmener quelque part », a-t-il dit en me tendant son casque de surplus.

Je n'ai pas répondu, mais j'ai enfilé le casque et je suis montée derrière lui sur le scooter.

Nous avons commencé à rouler vers la campagne sur des chemins moins fréquentés. Lorsque nous avons commencé à filer à travers des fermes et des champs, je me suis demandé où il m'emmenait. Nous avons continué à rouler pendant une bonne demi-heure, puis il a finalement tourné sur une petite rue que je n'avais pas remarquée. La seule indication qui montrait qu'il y avait un chemin était la petite boîte aux lettres rouillée qui penchait dangereusement sur le côté. Nous avons continué sur la petite route pavée pendant environ dix minutes jusqu'à ce que finalement, la densité des arbres s'ouvre pour laisser place à un petit chalet dans une clairière. Le chalet n'était pas bien entretenu; il y avait des pots de fleurs contenant des plantes mortes de l'été précédent. Les mauvaises herbes avaient envahi le balcon, il manquait des volets à quelques fenêtres et le toit ainsi que les gouttières étaient parsemés de branches et de feuilles. Je pouvais même discerner une énorme toile d'araignée sur la chaise à bascule sous le porche. Toutefois, si on utilisait son imagination, l'endroit avait du potentiel et beaucoup de charme.

Nous sommes descendus du scooter et j'ai commencé à replacer mes cheveux puis à me dépoussiérer pendant que Jonathan se dirigeait vers un pot contenant une plante morte sur le côté de la maison. Il a soulevé le pot et a retiré une petite clé qui était cachée dessous. Il m'a ensuite fait signe de le suivre sous le porche puis à l'intérieur de la maison.

À l'intérieur, il y avait une odeur d'humidité, comme si les fenêtres n'avaient pas été ouvertes depuis longtemps. L'intérieur du chalet était assez propre; il n'y avait que quelques livres qui traînaient ici et là. Il n'y avait rien sur la table de cuisine, ni sur les comptoirs. Dans un coin du salon se trouvait une télévision et au milieu de la pièce, une table à café sur laquelle reposaient quelques verres ainsi qu'une boîte de pizza et quelques livres d'école. Il y avait un oreiller et une couverture sur le sofa, comme si quelqu'un y avait passé la nuit. J'ai compris qu'il avait dû passer la semaine dernière ici.

« C'est quoi cet endroit? » ai-je demandé.

« C'était le chalet de mes grands-parents, a-t-il répondu. Mes parents en sont maintenant propriétaires, mais ils ne l'ont pas vendu. Ils l'ont gardé comme résidence secondaire, mais ils n'y viennent plus depuis qu'ils se sont séparés. »

« Est-ce que tu as passé la semaine dernière ici? »

« Oui, a-t-il dit de façon presqu'inaudible. Je viens ici lorsque le copain de ma mère vient faire un tour à la maison. Il n'aime pas me voir dans les parages. »

« Est-ce que c'est lui qui t'a fait ça? » ai-je demandé en touchant doucement sa joue.

Il a regardé le sol sans me répondre, ce que j'ai pris pour un oui.

Je ne savais pas quoi dire. J'avais un millier de questions qui me traversaient l'esprit, mais j'avais l'impression d'avoir le droit de n'en poser aucune. Est-ce que sa mère était au courant? Pourquoi est-ce qu'elle n'avait rien fait? Est-ce que c'était la première fois ou ça arrivait régulièrement? Pourquoi venait-il ici? Devrait-on appeler la police?

Je ne trouvais pas mes mots et lui non plus. La seule chose que je savais était que j'avais envie de le tenir dans mes bras. Il s'est assis sur le sofa et je me suis approchée doucement, puis j'ai pris sa tête dans mes mains et je l'ai posée sur mon ventre. Nous sommes restés comme cela pendant quelques minutes jusqu'à ce que je réalise que des larmes coulaient sur mes joues.

Il a dû sentir une larme tomber sur son front car il a levé la tête pour me regarder avec un regard triste, puis il s'est mis debout et a commencé à essuyer les larmes de mon visage.

« Ne pleure pas pour moi, a-t-il dit. Ce n'est qu'une ecchymose, ça va guérir vite. »

Encore une fois, je ne savais pas quoi dire, ni quoi faire.

« Allez viens, je vais te faire faire le tour du chalet », a-t-il dit avant de m'entraîner par la main en haut des marches. Il m'a montré les deux chambres à l'étage, avec des plafonds inclinés et des petites fenêtres par lesquelles entrait la lumière du jour. Les lits étaient faits, mais il y avait environ un pouce de poussière sur tous les meubles et l'air était humide. C'était pourtant charmant.

Il m'a montré la salle de bain à l'étage, puis nous sommes redescendus pour qu'il me montre la petite véranda à l'arrière de la maison. De là, on avait une vue formidable sur un petit lac que je n'avais pas remarqué auparavant. On aurait dit un petit paradis oublié, un souvenir de temps meilleurs.

« Je venais ici souvent lorsque j'étais jeune et que ma grand-mère me gardait, a-t-il dit. J'allais nager dans le lac et je me sentais seul au monde. Il n'y a aucun voisin à proximité, a-t-il ajouté. Parfois, mon grand-père et moi nous aventurions au-delà des arbres que tu vois là-bas. Il y a des gros rochers qui sortent de l'eau. On s'amusait à grimper dessus et à sauter dans le lac. C'était vraiment excitant lorsque j'étais jeune. Maintenant que j'ai vieilli, les rochers ne semblent plus aussi hauts et le saut n'est plus aussi emballant, mais j'en garde tout de même de beaux souvenirs. »

« Quand sont-ils morts? » ai-je demandé.

« Mon grand-père est décédé il y a trois ans d'une crise cardiaque, a-t-il répondu. Ma grand-mère ne s'en est jamais vraiment remise. Elle est dans une résidence pour personnes âgées maintenant et elle a du mal à nous reconnaître lorsque nous allons lui rendre visite. Mes parents sont trop occupés pour aller la voir, mais je me fais un point d'honneur d'y aller toutes les semaines. Parfois, elle me reconnaît pour quelques minutes, puis c'est comme si un voile passait devant ses yeux et soudain, elle n'a plus aucune idée de qui je suis. C'est difficile, mais je ne veux pas la laisser seule là-bas. Elle s'est occupée de moi lorsque j'étais jeune, je lui dois bien ça », a-t-il ajouté.

J'ai trouvé son histoire touchante, mais je n'ai rien dit. Je voulais désespérément revenir au sujet de son ecchymose pour savoir ce qui s'était passé.

« Je sais que ce ne sont pas de mes affaires, mais qu'est-ce qui s'est passé entre le copain de ta mère et toi? » ai-je demandé en le regardant dans les yeux.

Il a soupiré et est resté silencieux. J'ai attendu qu'il trouve les bons mots.

« Depuis que ma mère est divorcée de mon père, c'est comme si elle s'était transformée en une personne complètement différente. Elle a commencé à boire et à sortir, sans plus vraiment se préoccuper de moi. Elle dit que je lui rappelle trop mon père, qui voulait tout contrôler, et que j'allais devenir exactement comme lui. La réalité est que je n'aime pas la voir comme ça, et je le lui ai dit. Elle a ri de moi, m'a dit que je n'étais qu'un enfant et qu'elle n'avait rien à faire de mes conseils. Elle a commencé à fréquenter ce type, Pierre, environ un an après le divorce. Je ne l'ai jamais aimé. Tout ce qui l'intéresse c'est sa grosse voiture et montrer qu'il a beaucoup d'argent. Je déteste la façon dont il traite ma mère. Il la fait se sentir stupide et ne la voit que comme un trophée. Il ne m'aime pas non plus. Il pense que je devrais aller vivre avec mon père, mais ce dernier est parti pour les États-Unis après le divorce. Il s'est trouvé une nouvelle femme et a fondé une nouvelle famille. Il préfère ne pas me voir, je lui rappelle trop de mauvais souvenirs. Il m'envoie de l'argent et il croit que ça compense son absence.

Mais bon, a-t-il continué. La semaine dernière, Pierre et ma mère sont rentrés plus tôt que prévu de France, où je t'ai dit qu'ils étaient partis rendre visite à la famille du côté de ma mère. Cette dernière avait bu, alors elle est montée directement dans sa chambre dès qu'elle a mis les pieds dans la maison. Elle ne m'a même pas dit bonjour et, pour être honnête, je ne suis même pas certain qu'elle ait remarqué que j'étais là. Pierre m'a vu, par contre. Il avait bu lui aussi, mais il s'est quand même ouvert une autre bouteille de bière et s'est assis dans le salon où j'étais. Il a commencé à me fixer. Je lui ai demandé comment avait été leur voyage, mais il ne m'a pas répondu. Par la suite, il m'a dit que ça sentait le cannabis dans la maison, que je n'étais qu'un junkie qui n'arriverait jamais à rien et que je devrais plutôt aller vivre avec mon père. Je me suis fâché et je me suis précipité sur lui, mais il est plus grand et plus rapide que moi. Il m'a donné un coup de poing au visage. J'ai répliqué avec quelques coups, mais il était plus fort que moi et m'a immobilisé. Il a fini par me laisser tranquille, a terminé sa bière et est allé rejoindre ma mère. J'ai ramassé mes affaires et je suis venu ici. »

« Je suis tellement désolée », ai-je dit en recommençant à pleurer. Puis je l'ai pris dans mes bras.

« Ça va aller, a-t-il répondu. Quand je suis ici, il me laisse tranquille. C'est tout ce qu'il veut, que je sois loin de lui. Il aimerait que je n'existe pas », a-t-il murmuré.

Il a pris mon visage dans ses mains et il m'a embrassée. Ce n'était pas comme les deux premières fois, c'était différent. Un peu comme s'il s'excusait.

Quand nos lèvres se sont séparées, il m'a regardée et a dit qu'il n'en avait jamais parlé à personne auparavant et que moi non plus, je ne pouvais rien dire. Il ne voulait pas être envoyé en famille d'accueil, il ne le supporterait pas. Je lui ai promis de garder le secret.

Il m'a embrassée à nouveau, mais cette fois-ci, ses mains se sont mises à explorer mon corps un peu plus. Ses mains sont allées de mes épaules à mon dos, puis à mes fesses, qu'il a gentiment serrées. Il a ensuite commencé à déboutonner ma chemise. Je ne me sentais pas à l'aise. Qu'est-ce qu'il allait dire lorsqu'il allait voir mes cicatrices? Mais il avait l'air tellement ému, comme s'il avait vraiment besoin de se rapprocher de moi, que j'ai fini par le laisser faire.

Il a retiré mon chemisier et a tout de suite remarqué mes cicatrices. Je l'ai entendu pousser un petit cri de surprise, mais il n'a rien dit. Je n'osais pas le regarder dans les yeux. Il a lentement pris mon bras dans une main et a posé l'autre sur mes cicatrices. Je pouvais sentir ma respiration se bloquer dans ma gorge; j'avais peur de bouger. Ça y était, il allait me dire que j'étais dégoûtante et laide et qu'il ne voulait rien avoir à faire avec moi parce que j'étais effrayante et dérangée. J'ai fermé les yeux et j'ai attendu qu'il me le dise.

Mais, j'ai senti quelque chose de chaud et humide sur mon bras blessé et lorsque j'ai regardé dans cette direction, je l'ai vu poser ses lèvres sur mes cicatrices. J'ai remarqué que quelque chose de mouillé gouttait sur moi et j'ai vu alors qu'il avait les larmes aux yeux. Il m'a prise par le menton, m'a relevé la tête, m'a regardée droit dans les yeux et a murmuré : « Tu es belle ».

J'ai laissé aller la respiration que je retenais et j'ai recommencé à pleurer. Je ne m'attendais pas à ça. Je n'étais pas certaine qu'il soit sincère, mais quelque chose dans ses yeux me disait qu'il l'était. J'ai continué à pleurer de façon incontrôlable et il m'a prise dans ses bras en me berçant gentiment et en me frottant le dos jusqu'à temps que je n'aie plus de larmes. Je me suis sentie épuisée. Il m'a gentiment aidée à remettre ma chemise, puis s'est étendu sur le sofa en me faisant signe de venir le rejoindre. Je me suis allongée à ses côtés, avec ses mains autour de moi et sa respiration dans mon oreille.

« Chut, endors-toi », a-t-il dit.

Je me suis endormie dans ses bras.

« D'accord, a dit Linda sur un ton sérieux. Je crois qu'il est temps que nous ayons une conversation à propos de l'automutilation que vous avez déjà mentionnée à plusieurs reprises. C'est quelque chose qui me préoccupe. »

« Je sais », ai-je murmuré en regardant mes mains.

« Je suis consciente que ça doit être un sujet difficile à aborder pour vous, mais je crois que nous devons comprendre la cause du problème si nous voulons savoir ce qui se passe avec vous. Que diriez-vous de dédier notre prochaine séance à ce sujet? Cela vous donnerait quelques jours pour vous préparer mentalement et vous pourriez même écrire quelques notes que je pourrais lire si c'est trop douloureux pour vous d'en parler de vive voix. Qu'en pensez-vous? »

« Oui, je crois pouvoir faire cela », ai-je répondu.

QUATRIÈME SÉANCE

Lorsque je suis arrivée à mon rendez-vous suivant avec Linda, j'ai stationné mon auto et je suis restée assise dans mon siège à prendre des grandes respirations. Je savais que la séance d'aujourd'hui allait être difficile car j'allais devoir parler de mes démons et de tous les événements douloureux qui s'étaient produits dans ma vie. Je n'avais aucune envie de les passer en revue, mais je savais que je devais le faire. Ignorer un problème ne règle rien; ça ne le fait pas disparaître. Tu dois foncer la tête la première, *ai-je pensé.* Tu dois être courageuse.

« Comment allez-vous aujourd'hui, Mélinda? Est-ce que vous êtes prête à discuter de votre automutilation, ou avez-vous écrit quelque chose que je puisse lire? » a demandé Linda d'une petite voix douce.

Je la trouvais sympathique. Elle était pleine d'empathie, elle me comprenait et m'écoutait. Elle me regardait toujours droit dans les yeux lorsqu'elle me parlait, sauf lorsqu'elle prenait des notes bien évidemment. Je sentais que j'avais toute son attention, que mes propos étaient importants pour elle. Je crois qu'elle aimait les gens et qu'elle avait un réel désir de les aider. Après quelques séances, j'étais de plus en plus à l'aise et maintenant prête à avoir une vraie conversation avec elle.

« En fait, j'y ai beaucoup pensé ces derniers jours et je crois qu'il serait mieux pour moi de parler à voix haute. Écrire aurait été la solution facile, mais c'est exactement ce que je veux éviter. Je ne veux pas me dérober. Je dois laisser aller certaines choses auxquelles je me suis accrochée trop longtemps. Je dois guérir. »

Linda a hoché la tête et m'a fait un sourire compréhensif. Elle semblait heureuse de voir que je comprenais l'importance de la conversation que nous étions sur le point d'avoir.

C'est difficile pour moi de parler de ça parce que j'ai toujours peur de ce que les gens peuvent penser. Certains ne comprennent pas mais je ne peux pas les blâmer car je ne suis même pas certaine de le comprendre moi-même. Pourtant, je l'ai fait plusieurs fois.

Je crois que ça a commencé lorsque j'étais très jeune. Je me rappelle que mes parents m'avaient acheté une petite poupée. Un jour, j'ai commencé à la détruire sans raison particulière. J'ai frotté le visage de la poupée sur le rebord d'un tiroir jusqu'à ce qu'il soit littéralement scié. Je me rappelle m'être sentie coupable à propos de mon geste, mais je ne savais pas pourquoi. Je n'en ai jamais parlé à personne.

« C'est intéressant, a dit Linda. Que pensez-vous que la poupée représentait? »

« Je crois que c'est moi-même que j'essayais de blesser. J'étais peut-être trop jeune pour le comprendre à ce moment-là, mais je crois que c'est moi que la poupée représentait. »

« Et qu'est-ce que cela vous appris à propos de vous-même? »

« Que j'ai une mauvaise image de moi-même et peu d'estime depuis mon plus jeune âge. »

« Quel impact diriez-vous que cela a eu sur le reste de votre vie? »

« Ça explique probablement pourquoi j'ai toujours cru que je méritais toutes les mauvaises choses qui me sont arrivées, que tout était ma faute. »

« Lorsque vous parlez de mauvaises choses, à quoi faites-vous référence? »

Eh bien, je vous ai parlé des fois où Julie avait été méchante envers moi. Je ne comprenais pas ses agissements, mais je ne pouvais m'empêcher de penser que c'était ma faute, comme si j'avais été mauvaise d'une certaine façon et que j'avais mérité de me faire punir. Je vous ai raconté l'incident avec le parapluie. C'était la première fois où quelqu'un avait été violent envers moi, mais j'ai fait l'expérience de la violence une autre fois dans mon enfance.

Lorsque j'avais environ dix ans, Julie et moi étions restées à l'école après la fin des cours. C'était l'hiver et toute la neige avait été entassée dans un coin de la cour d'école, créant ainsi ce qui nous semblait être une immense montagne. Nous montions au sommet à tour de rôle pour ensuite nous laisser glisser jusqu'au sol. Il n'y avait personne aux alentours et nous avions beaucoup de plaisir.

Soudain, trois garçons plus vieux que nous sont sortis de nulle part. Nous ne les avions jamais vus auparavant; ils allaient probablement à une école différente de la nôtre. Ils s'étaient approchés en silence, alors du haut de la montagne de neige, nous ne les avions pas entendus arriver. Ils s'en sont pris à Julie en premier. J'ai vu cela se produire du haut de la montagne et je me suis immédiatement précipitée en bas pour essayer de la sauver. Je me suis ruée sur le garçon qui était en train de la frapper, mais il était plus grand que moi et m'a violemment repoussée. Je suis tombée, mais je me suis relevée aussi vite et je me suis de nouveau précipitée sur lui en suppliant les trois garçons d'arrêter. Ils m'ont ignorée et ont continué à frapper Julie. J'étais impuissante, je ne pouvais pas aider mon amie.

« Comment vous êtes-vous sentie lorsque vous avez vu votre amie se faire frapper? »

« C'est difficile à dire. Je ressentais plusieurs émotions en même temps mais je pensais surtout qu'elle était en détresse et que je devais la sauver. » J'ai arrêté de parler un instant. « Je dirais que les principales émotions que j'ai ressenties étaient la panique, la rage et la tristesse. »

« Je crois que vous venez de mentionner quelque chose de très intéressant, dit Linda en prenant des notes. Nous allons y revenir plus tard. Que s'est-il passé par la suite? »

Ils ont continué à la frapper et elle criait en pleurant pour qu'ils arrêtent, mais ils ne l'écoutaient pas. Ils lui ont donné au moins une douzaine de coups. Pendant ce temps, le troisième garçon avait remarqué les sacs à dos que nous avions laissés sur le bord de la clôture. Il s'en est emparé et les a lancés par-dessus la clôture dans l'aire de la piscine publique qui se trouvait à côté de l'école.

Lorsqu'ils ont fini par la laisser tranquille, j'étais étendue au sol après avoir été repoussée une fois de plus et Julie est tombée à genoux. Nous pleurions toutes les deux. Elle avait vu le garçon lancer nos sacs à dos, alors elle s'est dirigée vers la clôture pour aller les récupérer. C'était difficile de grimper puisqu'elle portait un habit de neige et des grosses bottes d'hiver. À ce moment-là, les trois garçons ont tourné leur attention vers moi. Deux d'entre eux ont commencé à me frapper au ventre pendant que le troisième, celui qui avait lancé nos sacs à dos, restait en retrait pour regarder. C'était la première fois que je manquais d'air à force de recevoir des coups au ventre. J'avais de la difficulté à respirer après le premier coup, je pleurais et les suppliais d'arrêter, sans succès. J'avais déjà vécu cela auparavant. Des paroles différentes sur un même air.

Après ce qui m'a semblé être une éternité, ils ont finalement cessé de me frapper, mais mon calvaire n'était pas terminé pour autant. Le troisième garçon, qui était resté en retrait jusqu'à maintenant, a commencé à s'approcher de moi. Il m'a attrapée par le col de mon manteau et a commencé à le déchirer. L'air était glacial contre ma peau en sueur. J'ai commencé à frissonner et je pleurais de façon incontrôlable, mais ça ne s'est pas arrêté là.

J'ai pris un mouchoir dans la boîte qui se trouvait sur la petite table à côté de moi et je l'ai utilisé pour essuyer mes larmes. C'était très difficile pour moi de raconter cette histoire. J'avais l'impression que ça s'était produit hier. Je pouvais encore ressentir la peur et la panique qui m'avaient habitée à ce moment-là.

« Je comprends à quel point ça peut être difficile pour vous de me raconter cette histoire, a dit Linda. Mais vous faites d'excellents progrès

et vous êtes en sécurité avec moi ici, rien de mal ne peut vous arriver. Je sais que ça ne semble pas être le cas pour l'instant, mais revivre cette expérience va éventuellement vous aider à passer par-dessus. Si vous gardez tout à l'intérieur de vous pendant des années, comme vous l'avez fait, cela va finir par ressortir de différentes manières, comme des cauchemars par exemple. C'est la façon qu'a votre esprit de gérer ce qui vous est arrivé. »

J'ai hoché la tête. Ce qu'elle disait était sensé, mais ça ne rendait pas plus facile pour autant l'expérience de revivre la douleur que j'avais vécue. Je comprenais le concept selon lequel finalement ça allait me rendre libre, mais c'était vraiment pénible sur le coup. J'ai continué à pleurer pendant quelques instants; je n'étais pas capable de continuer. Une fois que je me suis calmée, j'ai pris une grande inspiration et j'ai repris mon histoire.

« Les deux autres garçons l'ont aidé à enlever mon manteau, puis mon chandail. J'étais trop jeune pour porter une brassière à cette époque, alors mon buste était complètement à l'air. »

J'ai recommencé à pleurer.

« Vous pouvez continuer, je sais que c'est difficile, mais vous progressez très bien », a dit Linda pour m'encourager.

« Puis le garçon qui avait arraché mon manteau a mis ses mains dans mon pantalon ».

« Je vois, a dit Linda. Est-ce que les choses sont allées plus loin? »

« Non. Julie est finalement revenue de la piscine et elle a commencé à frapper les garçons par derrière avec son sac à dos. Ils l'ont poussée au sol, puis ont dit quelque chose qui voulait dire que je n'étais pas assez intéressante pour qu'ils continuent, et ils sont partis. Je ne sais pas pourquoi ils n'ont pas terminé ce qu'ils avaient commencé avec moi.

Ça y était. J'avais tout sorti. Linda attendait patiemment que je finisse de pleurer et que je me calme avant de parler à nouveau.

« Qu'est-ce que vous vous rappelez avoir ressenti lorsque les garçons vous maltraitaient? »

« Surtout de la peur. »

« Et comment peut-on comparer cela à ce que vous avez ressenti lorsque vous avez vu Julie en train de se faire tabasser? »

Je suis restée silencieuse pour un instant.

« Je crois que je vois ce que vous voulez dire, ai-je murmuré. Vous êtes en train de me dire qu'il nous est arrivé la même chose à toutes les deux mais que je n'ai pas ressenti les mêmes émotions à mon égard. Je n'avais pas envers moi ce sentiment de pitié et de tristesse, ni cette rage qui m'avait poussée à la défendre . . . »

« Et qu'est-ce que cela vous apprend à propos de votre relation avec vous-même? »

J'ai commencé à pleurer plus fort. Je venais de réaliser que je n'avais jamais eu envers moi la même empathie que je ressentais pour les autres. Je pleurais pour cette pauvre petite fille qui s'était fait frapper sur le sol glacé d'une cour d'école. Cette petite fille qui croyait qu'elle le méritait alors qu'elle n'avait rien fait de mal.

« Je ne méritais pas de me faire traiter ainsi », ai-je fini par dire, les yeux pleins de larmes.

« Vous avez raison. Personne ne mérite de se faire traiter ainsi. Ce n'est pas à cause de quelque chose que vous avez fait ou de ce que vous étiez. C'est arrivé parce que vous étiez à la mauvaise place au mauvais moment. Ce n'était pas votre faute. »

« Ce n'était pas ma faute », ai-je répété en sanglotant.

« Qu'est-ce qui s'est passé après le départ des garçons? » a demandé Linda après quelques secondes de silence.

J'ai rapidement remis mes vêtements et j'ai demandé à Julie si elle allait bien. Elle m'a dit qu'elle avait très mal au ventre, mais que ça allait. Nous sommes rentrées chez elle et Julie a tout raconté à sa mère. En écoutant la description des garçons, sa mère a réalisé qu'elle savait de qui il s'agissait. Elle était enragée et nous a conduites jusqu'à la maison de l'un d'entre eux. Quand le père a ouvert la porte, on pouvait voir son garçon qui se tenait debout dans la cuisine à l'arrière de la maison. La mère de Julie était hors d'elle-même. Je me rappelle qu'elle ait dit au garçon directement :

« Si toi ou l'un de tes amis touchez encore à ma fille, je vous tue! ». Elle n'a rien dit à mon sujet. Je n'en ai jamais parlé à mes parents, pas même à ma sœur. Je n'avais pas de blessures visibles et de toute façon, qu'est-ce qu'ils auraient pu faire pour m'aider? Le mal était fait et ils ne pouvaient rien changer. C'était quelque chose dont je ne voulais plus jamais parler. J'ai essayé de réprimer ce souvenir et de ne plus y penser.

« Est-ce que vous croyez être prête à discuter de l'automutilation maintenant? », a dit Linda lorsque j'ai retrouvé mon calme.

« Oui. »

La première fois que j'ai essayé de me taillader le bras c'était après que Julie ait décidé qu'elle ne voulait plus être mon amie. Je me souviens de n'avoir eu personne à qui en parler et de m'être sentie comme si je n'étais pas assez bonne, comme si j'étais insignifiante. Je cherchais une façon de me débarrasser de ce sentiment dans mon ventre, cette sorte de mélancolie, ce sentiment de vide qui ne me quittait jamais. Je ne savais pas comment exprimer ce que je ressentais. Je ne suis même pas certaine de comprendre comment l'idée de me faire du mal m'est venue à l'esprit. Ce n'était pas quelque chose dont on parlait à ce moment-là et je ne connaissais personne d'autre qui le faisait. Maintenant que j'ai vieilli, je comprends que la douleur physique était quelque chose que je savais mieux gérer que la douleur émotionnelle. La première fois que j'ai essayé, j'ai utilisé une lame de rasoir. Les rasoirs dont je disposais étaient en plastique avec des lames encastrées. Les faire sortir de là n'était pas une tâche facile. On aurait dit que les fabricants de rasoirs essayaient de m'empêcher de faire précisément ce que je m'apprêtais à faire. Ça ne m'a pas arrêtée pour autant et j'ai réussi à dégager une lame. Ça m'a pris quelques essais avant de réussir à presser suffisamment fort pour que la lame entre dans ma peau, mais pas assez profondément pour avoir besoin de points de suture. Ça a fait mal, très mal. Mais ça a détourné mon attention de la douleur émotionnelle vers quelque chose que je pouvais gérer. Ça m'a donné une *vraie* raison de pleurer.

Je sais que certaines personnes croient que l'automutilation est quelque chose de dégoûtant. Certaines personnes au courant de ma vie ont vu mes cicatrices et ont été horrifiées et apeurées par ce que j'avais fait. Elles avaient peur car elles se disaient que si je pouvais m'infliger cela à moi-même, je pourrais faire encore pire aux autres. Mais je n'aurais jamais fait de mal à une mouche.

Les gens ne comprennent pas non plus comment le fait de se taillader la peau peut aider à se sentir mieux. C'est difficile à expliquer. Ce n'est pas la douleur de la coupure que je recherchais, mais le sentiment qui vient après. Lorsque notre corps a mal, il produit des hormones pour nous aider à gérer la douleur. C'est comme lorsqu'on a pleuré pendant longtemps, on se sent épuisé par la suite. C'est la même chose, sauf que les hormones produites par notre organisme sont encore plus puissantes lorsqu'il s'agit d'automutilation. Par la suite, on ressent une extrême fatigue, un soulagement et on finit par s'endormir. Sauf que le lendemain matin, on doit gérer ce qu'on a fait la veille, ce qui nous fait nous sentir encore plus mal et le cercle vicieux s'enclenche.

J'ai déjà vu un film, je ne me rappelle plus lequel, mais c'était à propos de deux junkies. Ça commençait avec un dicton qui disait un peu ceci : « Nous avons tous nos drogues préférées. Alors, je ne demande pas aux gens s'ils prennent de la drogue, je leur demande juste laquelle est la leur. » Ça peut être n'importe quoi : l'alcool, la drogue, le jeu, la vitesse, les dépenses excessives, l'automutilation... nous avons tous besoin d'une manière de gérer ce qui nous échappe. La façon que j'avais choisie se trouvait être plus visible que les autres. Dans le fond, si vous êtes un joueur compulsif et que vous ne le dites pas aux autres, ils n'ont aucun moyen de le deviner. Ce n'est pas écrit sur votre front. Mais avec l'automutilation, vous devez porter vos cicatrices aux yeux de tout le monde, et ça permet aux gens d'entrevoir votre esprit, votre secret le plus noir, et de savoir que vous êtes détruite à l'intérieur. Personne ne va regarder vos cicatrices et se dire : « Voici la personne avec qui je veux passer le reste de ma vie, elle semble être une bonne fille. » Ça n'arrive tout simplement pas.

« La première personne qui s'est rendue compte que vous vous étiez tailladé les bras c'est Jonathan, c'est bien ça? »

« Oui, mais il n'a rien dit. C'était un peu comme s'il comprenait de quoi il s'agissait sans avoir à me demander pourquoi j'avais fait cela. Il semblait triste, je pouvais le voir dans ses yeux, comme s'il avait mal parce que j'avais mal. Mais il ne m'a pas conseillé de demander de l'aide, il n'en a parlé à personne et ne m'a pas demandé d'arrêter. Il comprenait comment j'étais et il m'acceptait ainsi; il m'avait même dit que j'étais belle. Jamais je ne me serais attendue à ce que quelqu'un me dise cela un jour. Il n'avait pas l'air de mentir; il avait l'air sincère lorsque je l'ai regardé dans les yeux. Je ne crois pas qu'il soit possible de mentir lorsque vous êtes aussi proche d'une personne. Ce n'est pas possible de faire semblant. C'était ce que je croyais, en tout cas. Il m'avait vue dans mes moments les plus vulnérables et sa réaction avait été de me dire que j'étais belle. Il acceptait mes faiblesses. »

« Et pourquoi croyez-vous que c'était si important pour vous d'avoir quelqu'un qui vous voie comme vous êtes et qui vous aime quand même? »

« Parce que je n'arrivais pas à me donner cet amour inconditionnel à moi-même », ai-je murmuré.

CINQUIÈME SÉANCE

Depuis notre dernier rendez-vous, je me sentais étrangement plus légère, comme si un énorme fardeau avait été enlevé de mes épaules et que maintenant j'étais libre. J'avais passé beaucoup de temps à pleurer, la plupart du temps à cause de ce qui m'était arrivé et parce que je n'avais rien fait pour prendre soin de la jeune fille que j'étais alors. Je sais que ça sonne cliché, mais c'était vrai que je me sentais plus légère.

J'avais hâte d'être à mon prochain rendez-vous avec Linda et de lui en raconter plus sur ma vie. Il y avait quelque chose de valorisant à accepter tout ce qui s'était produit et d'avoir quelqu'un pour accueillir mes confidences sans me juger. Elle essayait vraiment de m'aider.

« Mélinda, a-t-elle dit une fois que nous avons pris nos places habituelles dans son bureau. Je suis vraiment fière de vous. Nous avons abordé un sujet important lors de notre dernière rencontre. »

« Merci. Je me sens tellement mieux depuis que j'en ai finalement parlé à quelqu'un. Je me sens à l'aise pour vous en raconter plus sur ma vie. »

« Allez-y », dit-elle en souriant.

Je vais reprendre là où j'avais laissé mon histoire avec Jonathan la dernière fois. Nous nous étions endormis sur le sofa au chalet de ses grands-parents.

Je me suis réveillée en premier, dans la même position que celle dans laquelle je m'étais endormie : recroquevillée contre Jonathan.

Le soleil s'était couché, tout était noir autour de moi et ça m'a pris quelques instants pour comprendre où je me trouvais. J'ai regardé ma montre. Il était huit heures. Mes parents allaient me tuer; je ne leur avais donné aucune nouvelle depuis la fin de l'école, ils devaient être affolés.

J'ai donné quelques coups de coude à Jonathan pour le réveiller. Il a marmonné quelque chose que je n'ai pas compris et s'est retourné.

« Allez, réveille-toi, il faut que tu me ramènes à la maison », ai-je dit.

Il a ouvert les yeux et m'a regardée quelques secondes avec un air interrogateur avant de réaliser qu'il faisait noir, que nous étions au chalet et que mes parents devaient s'inquiéter.

« Tu ne veux pas manger quelque chose avant qu'on parte? »

« Non, je vais devoir sauter le souper. Mes parents vont me tuer! »

« D'accord, allons-y. »

Nous nous sommes dépêchés à rentrer chez moi. Une fois arrivés, je lui ai donné un baiser rapide sur les lèvres, lui ai remis son casque et j'ai couru vers l'intérieur. Mes parents m'attendaient dans le salon en faisant semblant de lire.

« Où étais-tu, jeune fille? m'ont-ils demandé dès que j'ai mis les pieds dans la maison. Pourquoi n'as-tu pas appelé? Nous étions tellement inquiets, nous avons même appelé à l'école pour savoir si tu t'y étais présentée aujourd'hui. »

« Je suis désolée. J'étais avec Jonathan, un garçon de l'école, et j'ai perdu la notion du temps. »

« Et tu n'as pas pensé à nous appeler? »

« Non, je suis désolée. J'étais trop . . . préoccupée par ce projet de biologie sur lequel on travaillait. »

« Projet de biologie . . . qui est ce Jonathan? »

« C'est juste un garçon de l'école, vous savez, il a appelé ici quelques fois. »

« Eh bien il ne semble pas être une très bonne influence sur toi s'il te fait agir de la sorte. Tu es privée de sortie pour une semaine. »

« Mais maman! C'est la première fois que ça se produit! Tu sais que je rentre toujours à la maison à temps! Merde, je ne sors presque jamais avec des amis! »

« Surveille ton langage! Nous ne t'avons pas élevée comme ça! Nous savons que tu es une jeune personne responsable la majeure partie du temps, mais on pensait la même chose de ta sœur avant qu'elle ne commence à avoir des problèmes. Ça commence ainsi : une nuit, tu rentres à la maison tard, puis une autre nuit et une autre jusqu'à ce que tu ne rentres pas du tout. Nous ne voulons pas que tu fasses les mêmes erreurs que ta sœur. Tu es privée de sortie pour une semaine. »

Ça ne servait à rien d'argumenter; je savais que je ne gagnerais pas. Ça n'aurait servi à rien non plus d'essayer d'expliquer ce qui s'était passé avec Jonathan sans révéler son secret que j'avais promis de garder. Je ne pouvais pas en parler à mes parents, ni leur expliquer ce qui se passait. Ils agissaient toujours comme s'ils étaient là pour m'aider, mais ils étaient bien moins réceptifs lorsque j'avais vraiment besoin de parler. J'allais devoir subir ma punition et faire plus attention la prochaine fois.

« Donc, vos parents s'inquiétaient pour vous », a dit Linda.

« Eh bien, ils me laissaient habituellement sortir quand je le leur demandais car ils ne voulaient pas que je passe trop de temps à la maison, et ils étaient contents que je me fasse de nouveaux amis. Mais ils trouvaient irrespectueux de ma part d'être partie sans leur avoir dit où j'étais, ce que je pouvais comprendre. »

J'ai vu Jonathan à l'école la journée suivante.

« Alors, qu'est-ce que tes parents ont dit lorsque tu es rentrée à la maison? »

« Ils m'ont dit que tu étais une mauvaise influence, que je commençais à agir comme ma sœur et ils m'ont privée de sortie pour une semaine. »

« C'est sévère, a-t-il dit. Donc je ne pourrai pas te voir pendant une semaine complète? »

« Non. »

« Tu pourrais sortir en cachette et venir me rejoindre chez moi ce soir. »

« Non, je ne veux pas avoir encore plus de problèmes. »

« Ah, voyons! Qu'est-ce qui peut arriver de pire? Tes parents vont te priver de sortie pour une autre semaine et tu sortiras en cachette à nouveau. »

« Le pire qui puisse m'arriver est qu'ils cessent de me faire confiance et de ne plus pouvoir sortir du tout. Lorsque ma sœur a commencé à avoir des problèmes, ils ont retiré la porte de sa chambre en disant qu'elle avait perdu son droit à l'intimité en désobéissant aux règles trop souvent. Je ne veux pas qu'il m'arrive la même chose. »

« Je ne croyais pas que l'avis de tes parents était si important pour toi. »

Je ne savais pas quoi lui répondre. J'imagine qu'il avait raison; l'avis de mes parents était important à mes yeux. Notre famille avait déjà connu assez de difficultés; je ne voulais pas être celle qui ajouterait encore plus de pression sur la coquille qui commençait déjà à craquer. J'avais peur que la famille n'explose. Je faisais de mon mieux pour garder mes problèmes pour moi et ne donner à personne une raison de s'inquiéter à mon sujet.

« J'ai pensé qu'on pourrait regarder un film ce soir, *Donnie Brasco*. Je sais que tu vas adorer. »

« Écoute, je sais que tu as une relation assez détendue avec tes parents, mais ce n'est pas mon cas. Je ne peux pas faire comme si rien n'était arrivé. Je suis privée de sortie pour une semaine et je vais devoir vivre avec les conséquences. »

« Ne sois pas si rabat-joie. »

« Désolée de te décevoir. »

Il est parti.

Plus tard, nous étions assis ensemble dans notre cours de biologie. J'étais encore frustrée de la façon dont il avait agi plus tôt, alors je ne lui ai pas adressé la parole. Il n'a pas cessé de me regarder jusqu'à ce qu'il dise finalement : « Écoute, je suis désolé pour ce que j'ai dit. C'est seulement que . . . je traverse une mauvaise passe et j'ai besoin de toi. Tu es la seule personne avec qui je me sens en sécurité. »

Cela m'a attendrie. Après tout ce qu'il avait traversé, comment pouvais-je le laisser tomber?

J'ai serré sa main dans la mienne pour lui faire comprendre qu'il était pardonné et la classe a commencé. Après environ quinze minutes, je lui ai murmuré à l'oreille : « Si je sors de la maison en cachette ce soir, peux-tu venir me chercher au coin de ma rue? Disons vers dix heures? ». Il a souri et a hoché la tête.

Une fois rentrée à la maison, j'ai passé le souper à écouter ma sœur parler de ce nouveau film qu'elle avait vu, *Le destin de Will Hunting*, et de ce nouvel acteur, Matt Damon, qu'elle trouvait si beau. À ce que j'ai cru comprendre de ce qu'elle racontait, ça sonnait comme quelque chose que j'aimerais regarder. Peut-être que je pourrais suggérer à Jonathan qu'on le regarde ensemble. Après le souper, j'ai travaillé sur un projet de biologie, puis après avoir regardé un épisode d'*Ally McBeal* à la télévision avec ma mère, je lui ai dit que j'allais me coucher.

« Bonne nuit chérie », a-t-elle dit.

Une fois arrivée dans ma chambre, j'ai réalisé que sortir en cachette ne serait pas aussi facile que je ne l'avais imaginé. Ma chambre était au deuxième étage de la maison; je ne pouvais pas sauter du haut de la fenêtre sans me blesser. J'ai pensé à attacher des draps ensemble afin de fabriquer une corde, ce qui aurait pu fonctionner si j'attachais un des deux bouts à quelque chose d'assez lourd. Mais il me serait impossible de rentrer chez moi par la suite.

Je n'étais pas assez forte pour me hisser jusqu'à ma chambre. Je devais trouver une autre façon.

Il y avait toujours la porte arrière, mais j'allais devoir attendre que mes parents soient endormis pour descendre au premier étage et sortir par là. À environ neuf heures trente, j'ai entendu ma mère monter les marches jusqu'à la salle de bain pour se brosser les dents, puis s'installer dans son lit. Elle devait travailler tôt le lendemain matin à l'hôpital, alors elle allait toujours au lit de bonne heure. Mais ce n'était pas elle le problème, c'était plutôt mon père. C'était un oiseau de nuit et parfois il n'allait pas se coucher avant une heure du matin. Il passait son temps au sous-sol, ce qui voulait dire que je pourrais sortir sans qu'il s'en rende compte si j'évitais les endroits du plancher qui craquaient. J'ai attendu jusqu'à dix heures, et comme je n'entendais pas de bruit provenant du sous-sol, à part les sons étouffés de la télévision, j'ai décidé que c'était maintenant ou jamais.

Je m'étais déjà habillée, alors j'ai attrapé mon sac à dos et j'ai quitté ma chambre en fermant soigneusement la porte derrière moi. La prochaine étape était de passer devant la chambre de mes parents sans réveiller ma mère. J'avais de la chance, la porte était fermée. Je suis donc passée devant et je suis descendue au premier étage sans problème. La prochaine étape était la plus difficile. Je savais qu'il y avait un endroit particulier où le plancher allait craquer très fort si je marchais dessus. Je devais absolument l'éviter, mais je ne pouvais pas non plus sauter, ce que mon père aurait entendu clairement du sous-sol. J'ai marché sur la pointe des pieds jusqu'à l'endroit en question, que j'ai enjambé en espérant me rendre assez loin pour ne pas faire craquer le plancher. Ce dernier a fait un petit bruit et je me suis immobilisée en espérant que mon père ne l'ait pas entendu. J'ai attendu quelques instants puis, comme je n'entendais rien, j'ai commencé à respirer normalement. Dans le salon, j'ai vu le chat me regarder avec un regard inquisiteur et j'ai réalisé que mon père avait dû penser que c'était lui qui avait fait ce bruit. Jusque-là, tout allait bien. Le reste de la route était facile. Je me suis rendue jusqu'à la porte arrière et je l'ai refermée derrière moi en entrant lentement la clé dans la serrure puis en la tournant soigneusement pour étouffer le bruit.

J'avais réussi! J'ai rapidement marché jusqu'au coin de la rue où Jonathan m'attendait.

J'ai embarqué sur son scooter et nous sommes partis en direction de sa maison. Sa mère était encore partie, alors nous avions le champ libre.

Il m'a entraînée dans sa chambre qui était un peu plus ordonnée cette fois-ci. Le lit était fait et je pouvais voir qu'il avait fait un effort pour ramasser ses vêtements et ranger ses nombreux livres. Toute la pièce était plus conviviale, mais ma partie préférée était encore le tapis moelleux.

Il a à nouveau sorti du papier à rouler ainsi que sa réserve de cannabis, puis a commencé à se rouler un joint. Lorsqu'il a eu terminé, il est sorti sur le balcon pour le fumer. Il m'en a offert et j'ai accepté. J'avais commencé à m'habituer à la façon dont le cannabis pouvait me libérer de mon anxiété. J'aimais le sentiment de calme que ça m'apportait et tout semblait plus clair lorsque j'étais sous l'effet de cette drogue, comme si je pouvais comprendre des choses qui m'échappaient en temps normal. Le sentiment était difficile à décrire, mais j'en raffolais.

« Est-ce que ta mère revient bientôt? » ai-je demandé.

« Pour être honnête, je ne le sais pas. Elle est chez Pierre et va probablement y rester quelques jours comme d'habitude. »

« Elle ne travaille pas? »

« Non, mon père envoie assez d'argent pour couvrir nos dépenses. Elle n'a jamais eu à travailler une seule journée de sa vie. »

« Qu'est-ce qu'elle fait de ses journées alors? »

« La plupart du temps, elle boit ou elle prend de la drogue. Elle va à beaucoup de fêtes. Parfois, elle entre dans une phase où on dirait qu'elle souhaite devenir la mère de l'année, donc elle arrête de boire pour environ une semaine, elle me fait à déjeuner tous les jours et essaie d'agir comme une vraie mère. Mais ça ne dure jamais. Le plus longtemps que la phase a duré était deux semaines. Puis, son copain l'a laissée parce qu'elle n'était plus amusante et elle a recommencé à boire. J'y suis habitué, ça ne me dérange plus. »

« N'aimerais-tu pas être proche d'elle? Tu pourrais lui parler de certaines choses. »

« Honnêtement, je ne vois pas quels conseils valables elle pourrait me donner. C'est ma mère et je l'aimerai toujours, mais j'ai l'impression que c'est plutôt moi qui prends soin d'elle. Sa vie n'est pas un exemple que je souhaite suivre. »

« Qu'est-ce que tu veux faire de ta vie? »

Il a soupiré et est resté silencieux pour un instant. « Je n'en suis pas certain, a-t-il commencé. J'ai toujours aimé la littérature et le cinéma, mais je ne me sens pas assez créatif pour inventer une histoire par moi-même. Je ne suis pas comme toi. »

« Mais tu n'as rien lu de ce que j'ai écrit, comment peux-tu savoir si je suis talentueuse ou pas? »

« Je vois une étincelle en toi. C'est rare, mais parfois on rencontre quelqu'un avec cette étincelle dans les yeux, dans l'esprit. Et je la vois en toi. »

J'étais trop surprise pour répondre. Il parlait comme s'il me connaissait bien.

« J'aime la photographie », a-t-il dit en sortant un appareil photo pour prendre un cliché de moi.

Je n'avais jamais aimé me faire prendre en photo. Je n'aimais pas le résultat. Il n'y avait que très peu de photos de moi que j'aimais et la plupart avaient été prises quand je ne portais pas attention au photographe et que j'avais l'air naturel. Elles étaient correctes, sans plus.

« Viens avec moi sur le balcon », a-t-il dit en m'entraînant à l'extérieur. Il m'a installée près de la rambarde en m'expliquant que la lumière était parfaite pour faire une photo en noir et blanc, ce qu'il préférait.

Pendant qu'il ajustait les paramètres de son appareil, je ne savais pas trop s'il s'attendait à ce que je sourie et que je prenne la pose. C'était gênant, comme d'avoir à se tenir nue devant quelqu'un qui vous examine. Il regardait à travers l'objectif de son appareil photo, mais je ne savais pas s'il me regardait ou s'il ajustait le focus. Je ne savais pas quoi faire.

Il était captivé par ce qu'il faisait; je le voyais se concentrer alors qu'il prenait plusieurs clichés et s'arrêtait pour regarder le résultat.

« Ne bouge pas », a-t-il dit.

J'ai essayé de rester aussi immobile que possible en sentant ses yeux sur moi. J'ai entendu quelques clics alors qu'il prenait plus de clichés.

« Tu as bougé », a-t-il dit.

« Désolée . . . c'est seulement que je ne sais pas si tu es en train de prendre une photo de moi ou pas. »

Il n'a pas répondu et a continué à prendre des photos. Puisqu'il était très concentré, j'ai réalisé que ça me donnait l'occasion de l'observer autant que je le voulais. Je n'aimais pas fixer les gens dans la vie, je trouvais cela impoli, mais là c'était différent. J'étais attirée par lui et je ne pouvais plus m'en passer. J'aimais la façon dont ses longs sourcils créaient une ombre sur ses yeux brun doux. J'aimais sa joue gauche, qui formait toujours une petite fossette lorsqu'il faisait ce petit sourire sexy que j'aimais tant. J'aimais son nez fin et ses lèvres douces. Oh mon dieu que j'aimais sentir ses lèvres sur les miennes. J'aimais sa mâchoire carrée et sa barbe d'un jour. J'aimais passer mes mains sur ses joues.

« Tu pourrais peut-être sourire », a-t-il dit.

J'ai fait un effort, mais c'était difficile de garder un sourire. Les coins de ma bouche commençaient à trembler et je sentais mon sourire se transformer en grimace.

« Je suis désolée, je ne ferais pas un bon mannequin ».

« Tout le monde est photogénique », a-t-il répondu en continuant à prendre des photos.

À un certain moment, je me suis dit qu'il obtiendrait probablement de meilleurs résultats si je ne regardais pas directement la caméra, alors j'ai posé les coudes sur la rambarde et je me suis penchée pour admirer la cour. Je sentais l'air frais de la nuit sur mon visage et j'ai fermé les yeux pour savourer le moment. J'entendais toujours les petits clics de son appareil, mais je ne portais plus attention au fait qu'il me prenait en photo. J'appréciais le calme de la nuit.

« Tu veux aller te baigner? » a-t-il demandé, me faisant sursauter.

Il avait rangé son appareil et s'était accoté sur la rambarde à côté de moi.

« Oui . . . mais je n'ai pas amené mon maillot de bain », ai-je dit.

« Quelle est la différence entre des sous-vêtements et un bikini de toute façon? » a-t-il demandé avec un petit sourire en coin.

C'était difficile d'argumenter.

Il a enlevé son chandail et a commencé à retirer ses chaussettes, en laissant tomber ses vêtements une peu partout. Je suis restée sur place à le regarder, particulièrement ses bras et sa poitrine. Il était musclé bien que maigre et je pouvais presque voir le contour de ses abdominaux. J'avais comme un coup de chaleur tout à coup et j'avais vraiment envie de le toucher.

« Tu viens? » m'a-t-il demandé en enlevant son pantalon. Je suis revenue à la réalité et j'ai commencé à déboutonner ma chemise en sentant ses yeux sur moi. J'étais encore complexée par mes cicatrices, mais ce n'était pas aussi pire que la première fois. Il savait qu'elles étaient là et je savais qu'il n'en parlerait pas. Par contre cette fois-ci, il allait voir les autres cicatrices, celles sur mon ventre et mes cuisses qu'il n'avait pas encore vues. J'ai enlevé mes chaussettes et mon pantalon et je l'ai suivi jusqu'à la piscine. Il a sauté là où c'est plus profond et est remonté pour respirer en lissant ses cheveux vers l'arrière. Je n'avais pas envie de sauter dans l'eau, je préférais y aller doucement. Je me suis donc rendue de l'autre côté de la piscine, où se trouvaient les marches et je les ai descendues une à la fois jusqu'à ce que j'aie de l'eau jusqu'à la taille. Je suis restée sur place quelques instants, appréciant la température de l'eau, qui était assez chaude bien que l'été touche à sa fin. J'ai plongé sous l'eau et je suis ressortie de l'autre côté de la piscine, près de lui.

« Tu es belle », a-t-il dit en s'approchant de moi. Il s'est penché pour m'embrasser et je l'ai embrassé en retour tout en me propulsant vers le haut pour l'entourer de mes jambes. Cette fois, je me sentais plus à l'aise d'explorer son corps. J'ai commencé à faire courir mes doigts le long de son visage, sentant sa barbe naissante que j'aimais tant, puis j'ai parcouru son cou est ses avant-bras, appréciant le sentiment que ça me donnait de sentir ses muscles se contracter sous mes doigts. J'ai senti un frisson parcourir ma colonne vertébrale; une délicieuse sensation qui s'est amplifiée lorsqu'il a gentiment mordu ma lèvre inférieure. J'ai été surprise de m'entendre pousser un petit gémissement. Puis mes mains se sont promenées sur sa poitrine et ses mamelons et je me suis demandé s'ils étaient aussi sensibles que les miens.

Il a commencé à explorer mon corps à son tour, laissant mes lèvres pour me donner de petits baisers tout le long de mon cou. Puis, j'ai senti ses mains remonter le long de mes bras, rejoindre les bretelles de ma brassière pour les faire tomber le long de mes bras. Il a touché ma clavicule du bout des doigts avant de se pencher pour me donner plus de baisers. Sans même que je m'en rende compte, il avait dégrafé ma brassière et je la tenais devant moi, ayant peur de la laisser aller. Puis, il m'a regardée avec un regard de désir absolu et je l'ai embrassé à nouveau en laissant aller ma brassière. J'ai senti l'eau clapoter contre ma poitrine, puis j'ai senti ses mains sur ma taille qui se dirigeaient lentement vers mes seins, qu'il a finalement pris dans ses mains pour les presser gentiment. J'ai gémi un peu plus fort.

Je l'ai serré contre moi avec mes jambes, puis je l'ai laissé aller pour libérer mes bras afin de pouvoir me rendre à ses fesses, que j'avais vraiment envie de toucher. Elles étaient rondes et fermes, pleines de muscles. Puis j'ai enlevé son boxer.

« On devrait peut-être continuer ça à l'intérieur », a-t-il dit en posant son front contre le mien. J'ai acquiescé puisque je ne voulais pas que ma première fois se déroule dans une piscine. J'avais un peu peur que le changement de scène ne tue la magie du moment, mais j'étais toujours pleine de désir pour lui lorsque je l'ai suivi jusqu'à sa chambre.

Il a sorti un préservatif de sa table de chevet et s'est approché vers moi, ruisselant au milieu de la pièce. J'avais toujours pensé que ma première fois se déroulerait dans un lit, mais nous ne nous y sommes même pas rendus. Nous nous sommes étendus sur le tapis moelleux et avons continué nos ébats. Je me sentais nerveuse, mais en sécurité en même temps. Je ne savais pas ce que j'allais ressentir, mais à ce moment-là, il n'y avait personne d'autre au monde avec qui j'aurais voulu essayer. Je voulais le sentir à l'intérieur de moi, entrelacer nos corps pour que nous soyons le plus proche possible. Je voulais ne faire qu'un avec lui.

Je ne savais pas ce qu'était un orgasme et je n'étais pas destinée à le découvrir ce soir-là. À un certain moment, sa respiration est devenue plus laborieuse et il a commencé à gémir, ce qui m'a fait savoir qu'il était sur le point d'atteindre le sien. Il a donné une dernière poussée puis a lâché un adorable grognement juste à côté de mon oreille.

Puis il s'est étendu à mes côtés sur le tapis.

« Je suis désolée que tu n'aies pas atteint l'orgasme », a-t-il dit.

« Ce n'est pas grave », ai-je répondu.

« Est-ce que c'était agréable pour toi malgré tout? »

« Oui, ai-je dit en rougissant. C'était la meilleure chose que j'aie jamais ressentie. »

« Laisse-moi essayer quelque chose de différent », a-t-il dit.

Il a effectivement essayé autre chose et je dois lui donner des points pour l'effort, mais ça n'a produit aucun résultat.

« Ça ne marche pas ça non plus hein? » a-t-il demandé.

« Ce n'est pas grave, tout ce que je veux en ce moment c'est être étendue à tes côtés, ai-je dit en me dirigeant vers le lit. Je veux me sentir en sécurité à tes côtés ». Il est venu me rejoindre et s'est collé à moi. Je me sentais tellement bien avec ses mains posées sur mon ventre.

« On ferait mieux de régler une alarme cette fois-ci, sinon tu vas encore avoir des problèmes si tes parents se rendent compte que tu n'as pas passé la nuit à la maison. »

« Tu as raison. Mettons-là pour trois heures du matin, tu pourras me reconduire et je rentrerai chez moi en cachette. »

« Parfait », a-t-il dit en me donnant un bec sur la joue. C'est ce que nous avons fait.

Juste comme j'étais sur le point de m'endormir dans ses bras, je l'ai entendu dire doucement « Mélinda, est-ce que tu veux être ma petite amie? Officiellement? »

« Oui », ai-je murmuré, puis je me suis endormie alors qu'il me pressait encore plus contre lui.

Avant de quitter sa maison cette nuit-là, j'ai pris un de ses T-shirts et je l'ai mis dans mon sac à dos. Je ne le lui ai pas dit. Je voulais un petit souvenir, quelque chose qui sente comme lui. J'espérais qu'il ne s'en rendrait pas compte, j'avais peur qu'il me prenne pour une folle et m'oblige à le lui redonner. J'ai pensé qu'il trouverait ça bizarre s'il savait qu'à partir de ce moment-là, je me suis endormie avec son T-shirt tous les soirs et que c'était mon bien le plus cher, un peu comme un enfant qui doit avoir sa doudou pour s'endormir. Ça sentait comme lui et ça me faisait me sentir en sécurité.

Mes parents n'ont jamais su que j'étais sortie en cachette.

Le lendemain à l'école, j'étais vraiment fatiguée, mais ça ne me dérangeait pas. Je ne cessais de me repasser la scène dans ma tête; ça avait été tellement intense. Je me sentais submergée juste à penser à tout ce que nous avions fait, mais c'était tellement agréable. J'avais hâte de pouvoir recommencer.

Environ un mois plus tard, j'ai dit à mes parents que Jonathan était mon petit ami. Ils n'ont pas semblé emballés, probablement à cause de l'histoire de ma sœur. Ils avaient peur que je fasse les mêmes erreurs. Ils m'ont dit qu'ils aimeraient le rencontrer, probablement pour le jauger, alors ils m'ont dit de l'inviter à souper le samedi suivant.

Je lui ai fait part de l'invitation le lendemain à l'école, alors que nous étions à son casier.

« Bonjour, mon copain », ai-je dit avec un grand sourire.

« Bonjour mon amour », a-t-il répondu avant de me donner un baiser.

« Devine quoi! J'ai parlé de toi à mes parents et ils veulent te rencontrer. »

« Oh »

Il semblait surpris et un peu apeuré.

« Qu'est-ce qui ne va pas? »

« Rien, bien sûr. Je veux rencontrer tes parents. J'ai seulement peur de ce qu'ils vont penser lorsqu'ils verront mon œil au beurre noir. Je ne veux pas qu'ils pensent que je me suis battu. »

« Nous pouvons inventer une histoire. »

« Tu as raison. Je pourrais dire que je me suis fait frapper lors d'un cours d'éducation physique où on apprenait le karaté ou quelque chose du genre. »

« C'est parfait », ai-je dit.

Samedi est arrivé et je commençais à être nerveuse. J'avais peur que mes parents n'aiment pas Jonathan et qu'ils m'empêchent de le revoir. J'essayais de me calmer en me disant que c'était une personne extraordinaire et que c'était impossible que mes parents ne s'en rendent pas compte. J'avais toutefois de la difficulté à me convaincre moi-même, car je savais que mes parents jugeaient facilement. S'ils n'aimaient pas quelqu'un, on ne pouvait pas les faire changer d'idée. Les premières impressions étaient très importantes pour eux. J'ai essayé de me distraire en choisissant ce que j'allais porter. Je voulais être belle pour Jonathan, mais pas trop chic non plus. J'ai décidé de porter un jean noir et une blouse blanche. J'avais toujours aimé assortir ces deux couleurs. J'ai décidé d'agrémenter le tout avec une pince rouge dans mes cheveux. Noir, blanc et rouge. Classique.

Je suis descendue à la cuisine, où ma mère était occupée à préparer le souper. Mon père était dans le salon, en train d'y mettre un peu d'ordre et ma sœur était sortie avec des amies; elle ne se joindrait pas à nous, ce qui me décevait un peu. Pour une fois que j'allais être le centre d'attention, elle ne pouvait même pas être là. D'un autre côté, je crois que ma mère voulait faire une bonne première impression. Nos repas familiaux étaient d'habitude assez ordinaires, mais aujourd'hui ma mère avait pris la peine de préparer une soupe aux légumes maison en entrée, du saumon en plat principal et un gâteau pour le dessert. Elle ne se donnait habituellement pas toute cette peine, donc je savais que c'était une occasion spéciale pour elle. Je lui en étais reconnaissante.

J'ai entendu le scooter avant d'entendre la sonnette et je me suis précipitée vers la porte pour l'ouvrir. Mon père me suivait et ma mère est restée dans la cuisine pour jeter un coup d'œil au saumon qui était au four. J'ai ouvert la porte avec mon cœur qui battait la chamade dans ma poitrine et je l'ai vu, habillé proprement, avec un bouquet de fleurs dans les mains.

« Pour toi », a-t-il dit en me les tendant.

C'était la première fois que quelqu'un m'offrait des fleurs et ça m'a attendrie. Il était tellement attentionné.

« Entre », ai-je dit.

Il avait fait un effort pour bien s'habiller. Il portait un pantalon sobre noir et une chemise bleue, fraîchement repassée ainsi qu'une cravate noire. Il avait lissé ses cheveux sur le côté et son ecchymose était moins visible de cette façon.

« Papa, je te présente Jonathan », ai-je dit en m'écartant pour les laisser se rencontrer.

« Enchanté, Jonathan », a dit mon père en lui tendant la main. Jonathan l'a serrée en souriant.

« Venez donc vous asseoir au salon », a dit mon père en pointant du doigt la pièce en question.

Jonathan a commencé à enlever ses souliers. J'ai refermé la porte, puis je les ai suivis et je me suis assise à côté de mon copain sur le sofa. Tout allait bien jusqu'à présent.

Ma mère est arrivée de la cuisine pour se présenter.

« Il est beau garçon », m'a-t-elle chuchoté en me faisant un clin d'œil. Elle a serré la main de Jonathan et lui a posé quelques questions avant de s'excuser et de retourner à la cuisine.

« Jonathan, dis-moi, quels sujets aimes-tu à l'école? » a demandé mon père.

« J'aime beaucoup l'histoire et la littérature, a-t-il répondu. Je suis une personne plutôt artistique et je n'ai jamais vraiment aimé les sports ou les mathématiques. Je suis heureux d'avoir rencontré Mélinda car elle peut m'aider avec tout ce qui touche à la science », a-t-il poursuivi en souriant et en me donnant un petit coup de coude.

Mon père a ri de bon cœur. Il n'avait aucune fibre artistique, alors il ne comprenait probablement pas Jonathan, mais il semblait prêt à garder l'esprit ouvert. Je n'aurais pas pu demander mieux.

Nous avons continué à discuter jusqu'à temps que ma mère nous appelle à la table. Nous avons pris place et j'ai remarqué que Jonathan attendait que tout le monde soit servi avant de commencer à manger. *Il a des bonnes manières*, ai-je pensé. Il a goûté à la soupe et a dit : « C'est délicieux, Madame Martin. Est-ce que vous l'avez faite vous-même? »

« Eh bien oui, a-t-elle répondu. Est-ce que ta mère cuisine? »

« Pas vraiment, elle est plutôt du genre à commander tout prêt la plupart du temps. Parfois, elle va cuisiner quelques jours de suite, puis elle se tanne et commande quelque chose. Elle ne m'a pas appris à cuisiner », a-t-il répondu.

« C'est dommage, Mélinda est une excellente cuisinière », a dit ma mère en me faisant un autre clin d'œil.

J'ai rougi et marmonné que je pouvais me faire cuire un œuf, mais que c'était à peu près tout.

Le reste du repas s'est bien déroulé et je me sentais de plus en plus à l'aise. Jonathan et mon père ont même démarré une conversation à propos de vieux films et de vieux acteurs.

« Je suis étonné que quelqu'un de ton âge connaisse tous ces vieux films. La plupart des adolescents n'ont aucune idée de qui je parle lorsque je nomme ces acteurs », a-t-il dit à Jonathan.

« C'est grâce à mon père, a-t-il répondu. Il aimait regarder des vieux films et j'en ai visionné plusieurs avec lui en grandissant. »

« Vous n'en regardez plus? » a demandé ma mère.

« Non, mes parents sont divorcés. Mon père demeure en Arizona et il a une nouvelle famille là-bas », a-t-il répondu calmement en regardant son assiette.

Il y a eu un court moment de silence où personne ne semblait savoir quoi dire.

Ma mère l'a brisé en disant : « Qui veut du dessert? »

« Moi, c'est certain », a dit Jonathan avec un sourire.

« J'ai fait un gâteau », a-t-elle dit en le présentant fièrement.

Elle nous a distribué un morceau à chacun et nous y avons tous gouté en même temps. Puis, tout le monde est parti à rire. Ma mère a même recraché sa bouchée. C'était terrible, un vrai désastre!

Elle a sorti de la crème glacée et nous en a tous offert pour compenser.

Après le départ de Jonathan, mes parents m'ont dit qu'ils l'avaient trouvé très poli et qu'ils aimeraient bien l'inviter à nouveau pour souper. Ils ne voyaient pas d'inconvénient à ce que je sorte avec lui, même qu'ils étaient très contents pour moi. Personne n'a parlé de sa blessure à l'œil. Je ne sais pas si c'est parce que personne n'a remarqué ou s'ils s'étaient dit que c'était impoli d'en parler, mais je n'allais certainement pas amener le sujet sur le tapis.

« C'était une grosse étape pour vous, de présenter Jonathan à votre famille, a dit Linda en souriant. Comment est-ce que vos amis ont réagi à la nouvelle? »

« Je crois que Sarah était un peu jalouse. Vous vous souvenez, elle avait tendance à se moquer de moi lorsqu'elle était avec lui. Ça a cessé lorsque nous étions tous les trois. Elle me parlait de moins en moins. En y repensant, je crois que Jonathan l'intéressait et qu'elle s'est sentie blessée lorsque nous avons commencé à sortir ensemble. Nous n'en avons jamais parlé et les choses sont restées un peu malaisantes entre nous trois. »

« Est-ce que vous croyez avoir perdu une amie à cause de votre relation avec Jonathan? » a demandé Linda.

« Oui, je crois que c'est ce qui est arrivé. À ce moment de ma vie, je n'en avais que pour Jonathan; il était la personne la plus importante pour moi. Ça ne me dérangeait pas de voir mes amis de moins en moins. Je les considérais comme des connaissances de toute façon. Lorsque j'avais le choix entre voir mes amis ou Jonathan, je choisissais toujours ce dernier. Mes amis ont continué à faire des efforts pour m'inviter à sortir avec eux, mais après plusieurs réponses négatives, je crois qu'ils ont abandonné. »

« Est-ce que cela vous a attristée? »

« Pas à ce moment-là, mais plus tard dans ma vie, lorsque j'ai vraiment eu besoin d'amis pour me soutenir, j'ai réalisé que je n'avais pas entretenu notre amitié et qu'ils avaient disparu. J'avais besoin d'amis, mais je les avais repoussés. »

SIXIÈME SÉANCE

« Aujourd'hui, j'aimerais que l'on débute par parler des cauchemars que vous avez souvent mentionnés et qui vous empêchaient de dormir. Est-ce que vous pouvez m'en dire un peu plus? »

« J'ai commencé à faire des cauchemars lorsque j'étais très jeune, comme tout le monde j'imagine. Je me souviens que je me réveillais en sueur en plein milieu de la nuit et que j'étais terrifiée à l'idée que mes parents aient pu décéder pendant mon sommeil. Je me rendais dans leur chambre en cachette pour m'assurer qu'ils respiraient encore et je me couchais sur le plancher à côté de leur lit. Ma mère ne comprenait pas ma peur; elle croyait que je ne voulais simplement pas dormir seule. Un matin, alors que j'avais peut-être six ans, elle a décidé que j'étais trop vieille pour de tels caprices lorsqu'elle m'a retrouvée encore une fois au pied de son lit. Elle m'a dit sèchement de retourner dans ma chambre. Elle ne comprenait pas que j'avais peur de les perdre et je ne leur en ai jamais parlé, alors ils n'ont bien sûr jamais pu m'aider. C'est un peu comme ça que toute mon enfance s'est déroulée »

« Donc, ce qui vous rendait si anxieuse était l'idée de perdre les gens proches de vous? » a demandé Linda en prenant des notes.

« Oui, mais plus tard, j'ai fait les mêmes rêves à propos de moi. En vieillissant, j'ai commencé à rêver de ma propre mort. Parfois j'étais dans un accident d'avion; d'autres fois, je me tenais dans un ascenseur au cinquantième étage et la cage se mettait à trembler, puis à tomber. Parfois je me faisais tirer dessus; d'autres fois je me noyais. Je ne me suis jamais vue en train de mourir; je me réveillais

habituellement avant qu'il ne soit trop tard. Je me réveillais en sueur, avec la peur de mourir et je ressentais cette douleur dans la poitrine comme si quelqu'un appuyait sur ma cage thoracique et ne me laissait pas respirer. Je finissais toujours par me calmer, mais ces quelques instants de panique étaient difficiles à traverser. »

Au début de notre relation, je dormais très bien avec Jonathan. Ses bras autour de moi me donnaient un sentiment de sécurité et l'impression que tout allait bien aller. Je croyais avoir trouvé quelqu'un pour partager ma vie et que rien de mal ne pouvait se passer tant que j'étais avec lui.

Mais les cauchemars ont fini par me rattraper. Après environ un an, j'avais alors quinze ans, j'ai eu la permission de mes parents d'aller passer la nuit chez lui pour la première fois. J'étais emballée à cette idée. J'imagine qu'ils savaient que nous avions des relations sexuelles ou bien ils faisaient comme si nous ne pensions pas à ce genre de choses. En tous cas, ils ne m'ont jamais fait *le* sermon.

C'était tôt dans l'après-midi. Le soleil brillait dans le ciel, mais l'automne était bel et bien commencé et la saison de la baignade était terminée. Nous sommes allés marcher un moment, puis nous sommes rentrés chez lui. Nous avons fait l'amour dans son lit cette fois-ci, et je me suis endormie dans ses bras.

J'ai fait le rêve de l'ascenseur, celui où je suis au cinquantième étage d'un gratte-ciel et j'appelle l'ascenseur pour descendre. Je suis seule à l'intérieur de la cage et elle commence à trembler. Je regarde vers le haut et je peux voir à travers le plafond que les câbles qui retiennent la cage sont sur le point de céder. Je suis prise entre deux étages, donc les portes ne me sont d'aucune aide. Je réalise qu'il n'y a pas d'issue et j'entends les câbles lâcher, puis je sens la cage commencer sa folle descente vers le sol. Rien ne peut l'arrêter. Je me sens tomber et je sais que je vais mourir. C'est à ce moment que je me suis réveillée en criant et en tentant de reprendre mon souffle.

« Hé, hé, qu'est-ce qui se passe? » a demandé Jonathan, qui s'était réveillé en sursaut.

Je ne pouvais pas lui répondre car ma respiration était difficile et je ne pouvais pas m'arrêter de pleurer.

« Allez, viens ici, chut, a-t-il dit en me prenant dans ses bras et en me berçant. Ce n'était qu'un cauchemar, ne te mets pas dans cet état. C'est terminé maintenant. Tu es en sécurité avec moi. »

J'ai essayé de me relaxer dans ses bras et ma respiration est finalement redevenue normale. Cependant, mes larmes n'arrêtaient pas de couler.

« Chut, je suis là, je suis là », a-t-il dit.

J'ai continué à sangloter.

« Mais tu n'étais pas là! J'étais seule et en train de mourir! C'est de cette façon que ma vie va se terminer; je vais être seule avec personne pour m'aider à passer à travers, ça me fait tellement peur . . . », ai-je dit, le visage enfoui dans ses bras.

« Chut, tu n'as pas à t'en faire avec ça tout de suite, tu es bien trop jeune. »

« Mais ça va venir un jour! Et même si tu es là à mes côtés, il n'y a rien que tu puisses faire pour m'aider. Je vais mourir, je ne ressentirai plus rien, je ne serai plus rien! Nous ne pouvons pas être ensemble pour l'éternité, ça doit se terminer un jour! »

Je ne pouvais plus arrêter mes larmes.

Il ne savait plus quoi dire à ce moment-là. Il avait tout essayé pour me calmer, mais rien ne semblait fonctionner. J'avais peur de mourir seule, je savais que c'était inévitable. Même allongée auprès de la personne dont je me sentais la plus proche, j'étais toujours seule au monde.

« Peut-être qu'en vieillissant, nous nous habituons à l'idée de mourir et ça devient moins effrayant », a-t-il dit.

C'était sensé, mais ce n'était pas assez pour me calmer parce que j'avais l'impression que je n'arrêterais jamais de pleurer. Il a patiemment attendu que ça passe, en me berçant doucement et en me murmurant des mots rassurants à l'oreille. Les larmes ont fini par cesser de couler. Je me sentais à la fois épuisée et gênée d'avoir agi de la sorte.

« Je suis désolée, ai-je dit. Je ne voulais pas être si déprimante. C'est seulement que . . . j'ai peur de la mort et je sais que je vais devoir y faire face seule. »

« Je donnerais n'importe quoi pour pouvoir entrer dans ta tête et partager ce fardeau avec toi. Je veux être à tes côtés pour le reste de ta vie. Je serai toujours là pour toi. »

Ça m'a calmée un peu, mais je n'étais pas prête à me rendormir de peur que le cauchemar ne revienne. Nous sommes donc allés à la cuisine pour nous faire à souper. Il m'a fait rigoler avec ses idioties et ça m'a fait oublier l'incident. Il avait ce pouvoir sur moi, celui de me faire rire et de tout dédramatiser. Je l'aimais pour ça, il me ramenait les pieds sur terre.

« Donc, si je comprends bien, vous n'avez jamais eu de tendances suicidaires; au contraire, vous aviez peur de la mort? » a demandé Linda.

« Exactement. L'automutilation n'a jamais rien eu à voir avec un désir de mourir. »

« Je suis contente de l'entendre, a dit Linda. Poursuivez votre histoire, s'il vous plaît. »

J'ai commencé à faire de plus en plus de cauchemars lorsque je dormais seule. Ça a continué tout au long de l'automne et quand j'ai eu seize ans, ça a atteint un point où c'était difficile pour moi de passer une bonne nuit de sommeil. Par conséquent, j'étais de plus en plus fatiguée durant la journée et je devais faire plusieurs siestes. Au moins, pendant ces moments-là, je ne dormais pas assez longtemps pour rêver.

Je suis devenue de plus en plus sensible aux sons. Ça a commencé avec ma sœur à l'heure du souper; j'avais l'impression qu'elle parlait bien trop fort, comme si elle criait. J'avais de la difficulté à endurer son rire, c'était comme si quelqu'un me poignardait dans les oreilles avec un couteau.

À un moment, ma mère et moi étions au centre commercial en train de magasiner des vêtements et je me rappelle que je trouvais que la radio était beaucoup trop forte. J'ai demandé à ma mère ce qu'elle en pensait, mais elle n'était pas d'accord avec moi. J'ai trouvé cela bizarre.

J'ai aussi commencé à pleurer beaucoup sans raison.

Depuis mon enfance, j'avais toujours aimé tricoter. Ma grand-mère m'avait montré comment faire et j'ai souvent tricoté des écharpes pour moi-même et pour les autres. J'avais commencé à faire des couvertures dernièrement. C'était cathartique pour moi; je tricotais jusqu'à ce que mes doigts soient engourdis. Je me rappelle que je m'asseyais devant la télévision et que j'écoutais des épisodes de *Friends*, mais je ne riais pas de leurs blagues. Je me suis même surprise à pleurer quelques fois. Je ne comprenais pas ce qui se passait.

Un jour, mon père est descendu me voir pendant que je regardais un épisode et que des larmes coulaient sur mes joues. Il s'est assis près de moi et m'a demandé ce qui n'allait pas.

« Rien », ai-je répondu en larmes.

« C'est impossible; tu dois avoir une raison de pleurer. Est-ce qu'il s'est passé quelque chose à l'école ou avec Jonathan? Est-ce que vous vous êtes disputés? »

« Non, ai-je répondu. Rien n'est arrivé, je suis seulement vraiment triste pour une raison qui m'échappe. »

Il m'a prise dans ses bras car il ne savait pas quoi me dire. J'ai fini par arrêter de pleurer, mais le sentiment de vide dans mon estomac était toujours présent.

J'ai continué à me taillader. C'était comme un cercle vicieux, je ne dormais pas assez et par la suite je ne pouvais rien faire de productif pendant la journée. Mes notes ont commencé à dégringoler et je me détestais pour ça, mais je ne savais pas quoi faire pour reprendre le dessus. Je me disais que je n'étais pas assez bonne et que j'étais paresseuse. L'automutilation me donnait un exutoire.

« J'ai l'impression que vous étiez de plus en plus déprimée. Est-ce que cela a eu un impact sur votre relation avec Jonathan? » a demandé Linda.

« Vous lisez dans mes pensées », ai-je dit avec un sourire triste.

Jonathan et moi avons eu notre première chicane à ce moment-là. Je me rappelle encore notre sujet de dispute, même si en y repensant maintenant, la raison me semble insignifiante et immature. Mais nous étions jeunes, nous ne comprenions pas la vie. Les adolescents prennent les choses beaucoup trop au sérieux.

J'étais dans le salon en train de travailler sur une couverture lorsque ma mère est venue m'avertir que Jonathan était au téléphone. Le simple fait de me lever du sofa me semblait une tâche insurmontable.

« Salut », ai-je dit dans le combiné.

« Salut Mélinda! Je n'ai pas eu de tes nouvelles depuis quelques jours. Qu'est-ce qui se passe? »

« Pas grand-chose, ai-je répondu. Je ne dors pas tellement bien ces temps-ci, alors je suis fatiguée durant la journée. Je regardais *Friends* en tricotant. »

« Désolé d'apprendre ça. Est-ce que tu fais encore des cauchemars? »

« Oui, celui où je suis dans l'ascenseur. »

« Oui, je me souviens. »

« C'est ce à quoi je rêve depuis quelques jours. Je n'arrive pas à m'en débarrasser. »

« Je vois. Est-ce que tu aimerais venir chez moi? Ma mère n'est pas là, tu pourrais apporter ton tricot avec toi et on pourrait regarder la télé ensemble. Ça serait mieux que d'être toute seule chez toi. Est-ce que tes parents pourraient te conduire? Ça devient un peu froid pour sortir le scooter ces jours-ci. »

« Peut-être . . . je devrais prendre une douche avant, cependant. »

« Ce n'est pas un problème, tu peux même prendre ta douche ici si tu veux. »

« D'accord . . . je vais demander à mes parents. »

« Excellent! À tantôt »

« À tout à l'heure. »

Mes parents ne voyaient pas d'inconvénient à me conduire chez Jonathan. Ils trouvaient que c'était un bel effort de ma part pour sortir de la maison, même si ce n'était que pour aller m'enfermer dans une autre. Au moins, je ne serais pas seule et ça me changerait un peu les idées. Je crois qu'ils ne savaient plus quoi faire de moi. J'étais comme un zombie qui se promenait dans la maison sans but précis.

Comme à son habitude, ma sœur les gardait occupés avec ses histoires. Les choses avaient évolué entre elle et Alexandre. Il avait lâché l'école et travaillait comme mécanicien. Émilie commençait à parler d'avoir des enfants avec lui. Mes parents auraient préféré d'une part, qu'elle termine ses études avant de commencer à fonder une famille et, d'autre part, qu'elle sorte avec quelqu'un de plus éduqué, mais ils ne l'auraient jamais dit comme ça. Ils ne pouvaient pas faire grand-chose pour la faire changer d'idée.

Émilie avait toujours des idées un peu folles et je cessais de lui prêter attention au bout d'un certain temps. Elle ferait ce qu'elle voulait de toute façon. Ça ne me dérangeait pas tant qu'elle était heureuse et en santé. Si elle voulait avoir un enfant à dix-huit ans, c'était son choix, tant qu'elle ne l'élevait pas à la maison et qu'elle ne s'attendait pas à ce que je me réveille en plein milieu de la nuit pour lui donner son biberon ou que je passe mon temps à le garder. Pour le reste, ça ne changeait pas grand-chose à ma vie.

Mon père m'a emmenée chez Jonathan et m'a demandé de l'appeler si j'avais l'intention d'y passer la nuit. Je lui ai répondu que je reviendrais probablement dormir à la maison, mais que dans tous les cas je l'appellerais pour le tenir au courant.

Lorsque Jonathan a ouvert la porte, il m'a demandé si je voulais aller marcher avec lui. Il a dit qu'il aimait admirer les belles couleurs d'automne des arbres du quartier. Je lui ai dit que le soleil me donnait mal à la tête et que je préférerais rester à l'intérieur. Ça ne lui posait pas de problème.

Nous nous sommes installés sur le divan dans sa chambre et il a allumé la télévision pendant que je sortais mon trousseau de tricot. Il a trouvé une chaîne musicale et nous avons regardé une vidéo après l'autre en faisant à l'occasion des commentaires sur les musiciens. Ce n'était pas tellement intéressant, mais nous ne nous plaignions pas. Nous étions simplement heureux d'être ensemble même si nous ne parlions pas beaucoup. Nous nous comprenions.

Après environ une demi-heure, il a dit qu'il commençait à trouver la télévision ennuyeuse et qu'il voulait aller courir un peu. Je lui ai dit d'y aller et je lui ai demandé si je pouvais prendre une douche pendant son absence. Je n'avais pas eu l'occasion de le faire avant de partir et j'en avais vraiment besoin. Il a suggéré que je prenne un bain à la place et j'ai acquiescé car il y avait un énorme bain à remous dans sa salle de bain. C'était une bonne idée. Il m'a montré où se trouvaient les serviettes et est parti faire son jogging.

J'ai entendu la porte du garage se refermer derrière lui alors que j'ajustais la température de l'eau. Une fois le bain rempli, je m'y suis glissée et j'ai activé les remous. C'était merveilleux de sentir les jets d'eau me masser le corps en entier. Je suis restée étendue dans le bain pendant un long moment et je m'y suis presqu'endormie. J'ai finalement trouvé l'énergie nécessaire pour me relever et prendre la bouteille de shampooing et de gel douche pour me laver. Je me suis rincée, puis je suis sortie du bain. En sortant de la pièce, j'étais en train d'ajuster la serviette autour de moi lorsque je suis tombée face à face avec la mère de Jonathan. Elle cherchait son fils. J'ai rapidement tiré sur la serviette pour me couvrir un peu plus, mais je n'avais rien qui puisse cacher les cicatrices que j'avais sur les bras. Elle me regardait d'un air confus.

« Tu dois être la petite amie de Jonathan. Lydia, c'est ça? »

« Hum . . . non. Je suis sa petite amie, mais mon nom est Mélinda. »

« Oh. Je croyais que ton nom était Lydia », a-t-elle dit en commençant à rire. Je me suis rendu compte qu'elle était saoule. « Où est mon fils? »

« Il est parti faire du jogging », ai-je répondu, de plus en plus gênée.

« Qu'est-ce qui est arrivé à ton bras? » a-t-elle demandé en pointant ce dernier.

« Eh bien . . . c'était un accident. »

« Qu'est-ce qui s'est passé? » a-t-elle insisté.

J'ai été sauvée par Jonathan qui revenait de son jogging.

« Salut maman », a-t-il dit.

« Salut chéri! »

Il l'a regardée d'un air suspicieux.

« Est-ce que tu as bu? » a-t-il demandé.

« Tu te prends pour qui, la police? » a-t-elle répliqué en riant.

Il n'a pas pris la peine de lui répondre.

« Je vois que tu as rencontré Mélinda », a-t-il dit après quelques instants.

« Oui, elle était sur le point de me raconter ce qui s'est passé avec son bras ».

Je n'osais pas parler, mais Jonathan lui a immédiatement expliqué que je m'étais coupée en passant à travers un trou dans la clôture du parc quelques jours auparavant. Les brins du treillis avaient laissé toutes ces coupures sur mes bras.

Brillant, ai-je pensé. *Pourquoi est-ce que je n'ai pas pensé à ça?*

Sa mère n'avait pas l'air très intéressée par les détails. Elle était chancelante.

« Je crois que je vais aller m'étendre pour un moment, a-t-elle dit. Essayez de ne pas faire trop de bruit, d'accord? »

Elle a quitté la pièce, utilisant les murs pour se tenir debout alors qu'elle se rendait en titubant jusqu'à sa chambre.

« Wow, c'était gênant! ai-je dit une fois qu'elle fut partie. Merci d'avoir inventé cette histoire pour expliquer mes cicatrices. Je ne savais absolument pas quoi lui dire et j'aurais commencé à pleurer si tu n'étais pas arrivé. »

« Pas de problème, a-t-il répondu. Je m'excuse pour ma mère. Tu vois ce que je dois endurer? Elle rentre à n'importe quelle heure du jour ou de la nuit saoule et s'endort dans sa chambre. Elle ne se réveillera probablement pas avant demain, elle avait l'air dans un sale état. Tant que Pierre ne vient pas faire un tour, elle ne nous dérangera pas. »

« N'es-tu pas inquiet de savoir qu'elle conduit dans cet état? » ai-je demandé en mettant les vêtements propres que j'avais apportés avec moi au cas où je passerais la nuit chez Jonathan.

« Bien sûr que oui! a-t-il répondu sur un ton blessé. C'est ma mère, je ne veux pas qu'il lui arrive quelque chose de mal, mais qu'est-ce que je peux faire? Appeler la police? Ils diraient qu'elle n'est pas une bonne mère et ils m'enverraient dans une famille d'accueil. Je ne peux pas faire grand-chose. »

« Et si elle renversait quelqu'un en conduisant après avoir bu? » ai-je insisté. La première impression qu'elle m'avait laissée était amère et je n'avais pas aimé la façon dont elle avait insisté pour se mêler de ce qui ne la regardait pas. J'avais eu envie de répliquer.

« J'espère que ça n'arrivera pas. »

« Ça ne change pas grand-chose de dire cela. »

« C'est quoi ton problème? a-t-il demandé. Je sais que ma mère n'est pas parfaite, mais que veux-tu que je fasse? »

« Je ne sais pas, ai-je répondu. Je suis désolée ».

Nous avons cessé d'argumenter, mais j'ai compris que j'avais touché un point sensible. Je l'avais énervé. Nous avons recommencé à regarder la télévision, mais on n'arrivait pas à s'entendre sur le programme, alors on n'a fait que changer de chaîne.

Après quelques minutes, une pensée m'est venue en tête et je n'arrivais pas à m'en débarrasser.

« Qui est Lydia? » ai-je demandé.

« Quoi? »

« Ta mère m'a dit qu'elle croyait que mon nom était Lydia et que j'étais ta petite amie. D'où tient-elle ce nom? »

« Oh, a-t-il répondu, l'air embarrassé et en rougissant. Lydia est une fille avec qui je suis sorti. J'en avais parlé à ma mère, mais elle ne l'a jamais rencontrée. Elle a donc dû penser que c'était toi. »

« Alors tu as parlé de Lydia à ta mère, mais pas de moi? » ai-je demandé, offensée.

« Je n'en ai pas eu l'occasion; tu as vu comment elle est », a-t-il répondu sur un ton furieux.

« Si j'étais importante pour toi, tu lui aurais parlé de moi! »

« Et qu'est-ce que ça aurait donné? Tu as vu à quel point elle avait bu; elle ne s'en serait même pas souvenu si je lui avais dit ton nom! »

« Et comment se fait-il que tu ne m'aies pas parlé de Lydia à *moi*? » ai-je demandé, de plus en plus frustrée.

« Parce que c'est fini entre elle et moi! Il n'y a rien à dire. »

« Tu avais pourtant quelque chose à dire à ta mère sur le sujet! »

« Écoute, tu commences vraiment à m'énerver. Ce n'est quand même pas ma faute si ma mère était sobre lorsque je sortais avec Lydia et qu'elle s'est souvenue de ce que je lui ai dit. Elle est dans une mauvaise phase en ce moment et ça ne sert à rien de lui dire quoi que ce soit, elle va s'en foutre complètement. Mais tu devrais être contente, elle t'a rencontrée, elle sait maintenant que tu existes. Qu'est-ce que tu veux que je fasse? Que j'aille la réveiller pour lui raconter tous les détails de notre relation? Merde! » a-t-il dit en se levant et commençant à faire les cent pas autour de la pièce.

« Pourquoi est-ce que *tu* es furieux contre *moi*? C'est moi qui ai dû me tenir à moitié nue devant ta mère, qui me questionnait à propos de mes cicatrices et qui m'a prise pour une de tes anciennes petites amies. Il y en a eu combien en fait? »

« Mais qu'est-ce que ça change? Tu ne peux pas m'en vouloir à cause de quelque chose que ma mère a fait. Ce n'est pas ma faute si tu es dérangée et que tu te coupes. J'ai trouvé une excuse et tu as sauvé la face, non? »

« Comment oses-tu me dire que je suis dérangée? Est-ce que tu t'es regardé dans le miroir dernièrement? Ta vie n'est pas parfaite non plus! »

J'ai perdu les pédales à ce moment-là. Ma rage prenait le dessus et j'avais envie de frapper quelque chose ou quelqu'un. J'avais besoin d'un exutoire ou j'allais exploser. J'ai agrippé mon sac à dos et je suis partie en trombe, le laissant en plan. Il ne m'a pas suivie et ça m'a mise encore plus en colère. Il n'avait aucune considération pour moi, au fond.

J'ai claqué la porte de la maison. Je n'avais rien à foutre de sa mère, ni de la réveiller. Qu'elle aille au diable!

Je ne voulais pas appeler mes parents pour qu'ils viennent me chercher alors que j'étais dans cet état. J'ai donc décidé que j'allais marcher jusque chez moi. C'était une longue marche et l'air était assez frais, mais heureusement j'avais amené un kangourou chaud avec moi.

Tout était sa faute! Il n'avait aucune compassion pour moi, ni pour l'incident avec sa mère. Il ne pouvait donc pas se rendre compte à quel point ça avait été humiliant pour moi? J'aurais voulu qu'il me dise que tout allait bien aller, que sa mère ne se souviendrait de rien, pas qu'il me dise que ce n'était pas sa faute et que j'étais dérangée. Le chat était sorti du sac : je savais enfin ce qu'il pensait vraiment du fait que je me mutile. Au plus profond de lui, il se disait que j'étais malade, que j'étais folle, détruite, incapable d'être sa petite amie. Il était dégoûté par moi.

Je savais bien qu'il n'avait rien dit de tout ça, mais c'était ce qui m'avait traversé l'esprit à ce moment-là. Le mot « dérangée » résonnait dans ma tête et me faisait mal à chaque fois, comme si quelqu'un me poignardait à répétition dans le ventre. Il m'avait menti. Il m'avait utilisée pour obtenir ce qu'il voulait, comme toutes les autres personnes dans ma vie. Qu'est-ce qui n'allait pas chez moi? Comment avais-je pu être assez naïve pour croire ce qu'il me disait? Je le savais bien au fond! Il ne faut pas s'approcher des gens car ils finissent tous par vous blesser. C'était mon mot d'ordre; pourquoi est-ce que j'étais tombée amoureuse de ce garçon-là?

Mes pensées s'enchaînaient les unes après les autres à une vitesse effrénée; j'avais l'impression que mon cerveau était en train de surchauffer. J'avais besoin de quelque chose pour me calmer, sinon j'allais piquer une crise au beau milieu de la rue. J'avais toute cette rage accumulée en moi et je ne savais pas quoi en faire. Alors j'ai décidé de me rendre au parc le long de la rivière plutôt que de rentrer à la maison immédiatement. Je ne voulais pas que mes parents me voient dans cet état. J'ai donc marché jusqu'au parc, qui était à une bonne quinzaine de minutes de marche, mais même une fois rendue là-bas, ma rage ne s'est pas calmée. Je me suis assise sur un rocher près de la rive et j'ai ouvert mon sac à dos. J'avais un rasoir dans mon petit sac de toilette que j'avais emporté avec moi chez Jonathan au cas où j'y passerais la nuit. Je l'ai démonté et j'ai pris la lame nue dans ma main. J'étais tellement en colère contre Jonathan, contre sa mère, contre la situation, mais surtout contre moi-même. Je me suis donc violemment entaillé le bras. Je ne me suis pas contentée d'une ou deux entailles; j'ai dû donner au moins dix coups. Quand j'ai eu terminé, mon bras était couvert de sang. Ça commençait à faire vraiment mal; je ne m'étais jamais coupée si profondément auparavant. Je suis restée figée, à regarder le sang couler sur le sol, ma rage s'évacuant de mon corps avec chaque goutte. Tout ce qui restait était la douleur des coupures. J'ai commencé à pleurer lorsque j'ai réalisé ce que j'avais fait une fois de plus. « Tu es tellement stupide », ai-je dit tout haut. « Stupide, stupide, stupide », ai-je répété en pleurant.

Après un certain temps, j'ai eu la présence d'esprit de prendre mon T-shirt sale dans mon sac à dos et de l'utiliser pour bander mon bras afin de faire cesser les saignements. Je n'avais pas atteint une artère; ce n'était que du muscle qui avait été endommagé. Ça a donc arrêté de couler quand le sang a commencé à coaguler.

J'ai trempé le T-shirt dans l'eau glaciale de la rivière et j'ai nettoyé mon bras. Ce n'était probablement pas l'idée du siècle, mais je n'avais pas de désinfectant. Une fois calmée, j'ai grimacé en remontant ma manche par-dessus mes blessures. J'ai remis le T-shirt dans mon sac et j'ai pris le chemin de la maison.

J'étais complètement épuisée, comme toujours après un trop-plein d'émotions, mais c'était encore pire cette fois puisque je manquais déjà de sommeil. Lorsque je suis rentrée, j'ai à peine parlé à mes parents. Je leur ai dit que j'étais fatiguée, je me suis rendue à ma chambre et je me suis mise au lit immédiatement. J'ai dormi pendant l'heure du souper, puis toute la nuit. Je me suis réveillée le lendemain matin au moment où ma mère est entrée dans ma chambre pour voir ce qui se passait.

Mon chandail avait remonté le long de mon bras dans le courant de la nuit et le bas de mon bras était exposé, révélant les dommages que j'avais faits. Ma mère l'a immédiatement remarqué et s'est précipitée vers moi. Elle a remonté ma manche et s'est exclamée : « Oh mon dieu, Mélinda! Qu'est-ce qui t'est arrivé? »

J'étais encore à demi endormie, alors je ne comprenais pas trop ce qui se passait. Je n'étais pas assez réveillée pour penser à répéter l'histoire que Jonathan avait inventée la veille. J'ai seulement regardé ma mère sans rien dire. Je n'ai même pas essayé de lui expliquer quoi que ce soit; j'étais trop fatiguée pour inventer des histoires.

Ma mère a commencé à paniquer lorsqu'elle a vu que je ne lui répondais pas. Puis elle a semblé comprendre tout d'un coup.

« Est-ce que c'est toi qui te fais ça? » a-t-elle demandé.

Je ne pouvais pas lui répondre, mais elle a compris que c'était le cas en voyant mes larmes couler.

Elle a quitté la pièce pour aller parler à mon père. Il est venu me voir quelques minutes plus tard. Il avait apporté de l'alcool à friction et des pansements. Il a soigneusement nettoyé mes plaies et je pouvais voir qu'il était profondément perturbé par ce qu'il voyait. Sa petite fille avait été blessée et il ne savait pas quoi faire pour la protéger. Il devait se sentir comme s'il avait échoué dans son rôle de père. J'ai vu des larmes couler sur ses joues, mais il les a essuyées sans dire un mot.

Lorsqu'il a eu terminé, il m'a donné un baiser sur le front, m'a dit qu'il m'aimait et il est sorti de la chambre en laissant la porte entrouverte. Je pouvais entendre certains mots de sa conversation avec ma mère. Je savais qu'ils parlaient de moi, mais j'étais beaucoup trop fatiguée pour essayer d'écouter. Je me suis rendormie.

J'ai dormi jusqu'à midi. Lorsque je suis finalement sortie du lit et que je me suis dirigée vers le premier étage de la maison, j'ai vu mes parents assis à la table de la cuisine, qui m'attendaient.

« Chérie, je t'emmène à l'hôpital » a dit ma mère.

« Vos parents ont donc finalement réalisé qu'il y avait quelque chose qui n'allait pas. »

« Oui. Ils avaient remarqué que je n'avais pas beaucoup d'énergie et que je pleurais beaucoup, mais je ne crois pas qu'ils avaient réellement compris jusqu'à ce que ma mère voie mes blessures. »

« Comment est-ce que cela s'est passé à l'hôpital? Y êtes-vous restée longtemps? »

« C'est un tout autre chapitre de ma vie que je vais garder pour notre prochain rendez-vous », ai-je dit.

SEPTIÈME SÉANCE

« Donc, la dernière fois nous nous étions arrêtées quand vous vous apprêtiez à partir pour l'hôpital. Est-ce qu'ils ont été en mesure de vous aider? »

Ma mère et moi étions dans la salle d'attente de l'hôpital. Je lui étais reconnaissante d'être venue avec moi car je savais que j'allais devoir attendre longtemps avant de voir un médecin. Au triage, ma mère a essayé d'expliquer à l'infirmière ce qui se passait. Je ne portais pas attention à leur conversation parce que mon esprit était ailleurs. Tout ce qui était autour de moi me semblait brumeux et irréel. Je les entendais parler de moi, mais j'avais l'impression de ne pas y être. J'ai entendu l'infirmière dire quelque chose à propos d'un psychiatre et puis ma mère m'a entraînée dans la salle d'attente.

« Est-ce que tu crois que je vais pouvoir voir un médecin aujourd'hui? ai-je demandé à ma mère. Mon cas ne semble pas urgent comparativement aux patients qui arrivent en ambulance. »

« Je ne sais pas. J'ai remarqué que les gens qui sont assis près de la fenêtre là-bas sont arrivés après nous et ils ont déjà vu le médecin. Ça va être bientôt ton tour ma chérie, ne t'en fais pas. »

Je ne pouvais rien faire pour passer le temps. Je n'arrivais pas à me concentrer suffisamment pour lire *Papillon*, que j'avais apporté avec moi. Si je lisais quelques phrases, j'oubliais immédiatement ce que j'avais lu et je devais recommencer. C'était plus frustrant qu'autre chose. Ma mère m'a tendu un livre de mots croisés, mais les petits blocs noirs et blancs étaient trop difficiles à regarder, ils me donnaient mal à la tête. Elle a essayé de me faire la conversation, mais la plupart de mes réponses n'étaient que quelques mots et je ne pouvais pas me concentrer trop longtemps sur ce qu'elle disait. Si les phrases étaient trop compliquées, je me sentais complètement perdue et je commençais à pleurer.

« Mélinda Martin, Salle 4 », ai-je entendu à l'intercom.

« Enfin! a dit ma mère. Est-ce que tu veux que je t'accompagne? »

« Oui, s'il-te-plaît », ai-je dit.

Nous sommes allées dans la salle d'examen.

« Quel est le problème? » a dit le docteur en entrant, les yeux rivés sur le dossier dans ses mains.

« Il y a quelque chose qui ne va pas avec ma fille, a commencé à expliquer ma mère. Dernièrement elle n'est pas elle-même. Elle est toujours épuisée, elle pleure pour aucune raison apparente, elle a de la difficulté à se rappeler des choses qui viennent de se produire et, enfin, nous avons appris ce matin qu'elle se mutilait. »

Le médecin a relevé les yeux en entendant cela. Il m'a regardée avec un air inquiet.

« Où s'est-elle coupée? » a-t-il demandé.

« Sur le bras », a dit ma mère en remontant ma manche pour lui montrer.

J'étais trop perdue pour dire quoi que ce soit. Je me sentais plus engourdie qu'embarrassée, ce qui était une première pour moi.

« Qu'est-ce qu'elle a utilisé? » a-t-il demandé en regardant mon bras.

« J'ai trouvé une lame de rasoir dans son sac à dos. »

« Je vois. Est-ce qu'elle a reçu un vaccin contre le Tétanos dernièrement? »

« Je ne suis pas certaine, a répondu ma mère. Je n'ai pas apporté son carnet de vaccination avec moi. »

« D'accord, nous allons devoir lui donner le vaccin juste au cas où. Je crois qu'elle va pouvoir voir le psychiatre avant la fin de la journée. Nous allons vous préparer une chambre pendant que vous attendez qu'il termine ses rondes », a-t-il dit avant de quitter.

Puis, une infirmière est entrée et a demandé à voir mes blessures. Ma mère lui a montré mon bras. Elle m'a injecté le vaccin dans mon bras indemne et m'a dit que quelqu'un viendrait me chercher sous peu.

« Ils sont en train de préparer une chambre pour toi. Ça sera beaucoup plus confortable que la salle d'attente. Tu vas même pouvoir faire une sieste en attendant », m'a-t-elle dit avec un sourire tout en me tapotant la cuisse.

Je me suis sentie réconfortée, comme si tout allait bien aller et qu'ils allaient s'occuper de moi. Une autre infirmière est entrée après quelques minutes. Elle a dit à ma mère qu'elle pouvait retourner dans la salle d'attente pendant qu'ils m'installaient dans ma chambre. Puis elle m'a demandé de la suivre. Nous avons parcouru un couloir, puis tourné plusieurs fois en passant plusieurs portes. J'étais un peu perdue à ce moment-là. Je n'aurais pas pu retracer mes pas jusqu'à la salle d'attente où se trouvait ma mère. J'ai continué à suivre l'infirmière.

Puis, sur la dernière porte que nous avons passée, j'ai remarqué une affiche qui disait : *Risque d'évasion, Gardez la porte fermée en tout temps*. J'ai entendu la porte se refermer derrière moi et j'ai commencé à réaliser où l'on venait de m'emmener. Je me suis retournée et j'ai vu que cette dernière porte n'avait pas de poignée, ni de bouton pour l'ouvrir, pas d'issue. J'étais dans l'unité de soins psychiatriques intensifs et j'ai commencé à paniquer. La seule idée que je ne pouvais pas sortir de là était insoutenable.

« Je veux sortir! Laissez-moi sortir d'ici! »

« Vous allez devoir rester ici jusqu'à ce que le psychiatre puisse vous voir », a dit l'infirmière.

« Mais je veux aller rejoindre ma mère! Laissez-moi sortir! »

« Si vous vous comportez bien, vous pourrez recevoir des visiteurs », a-t-elle dit.

J'ai senti une vague de colère s'emparer de moi et tout ce que je pouvais faire c'était de frapper du pied sur le plancher.

« Je ne veux pas être ici! Tout ce que je voulais était voir un psychiatre, pas me faire enfermer! » ai-je crié.

J'ai alors remarqué l'énorme garde de sécurité qui se dirigeait vers l'infirmière et moi-même. Il n'a pas dit un mot; il n'a fait que rester sur place avec un air menaçant, prêt à intervenir si je perdais le contrôle.

« Vous allez voir le psychiatre de toute façon, mais pour le moment, vous devez attendre ici. Il n'a pas terminé de faire ses rondes pour la journée, donc vous devrez passer la nuit ici avec nous jusqu'à ce que vous puissiez le rencontrer demain matin. »

Je ne pouvais pas m'empêcher de pleurer.

« Mais pourquoi me gardez-vous ici? Pourquoi est-ce que je ne peux pas avoir une chambre normale dans l'hôpital ou encore revenir demain pour voir le psychiatre? Pourquoi est-ce que je ne peux pas passer la nuit à la maison? »

« Écoutez, vous vous êtes présentée aux urgences d'un hôpital parce que vous vous mutiliez. Nous ne pouvons pas vous laisser sortir avant de vous avoir évaluée. Vous êtes un danger pour vous-même. »

« Mais ça fait des années que je fais ça et rien de mal n'est arrivé! Je ne veux pas me tuer, je ne suis pas en danger! »

« Ce sont les règles et nous devons les suivre. »

« Laissez-moi reparler au médecin; je peux lui expliquer que mes parents prennent bien soin de moi et qu'ils peuvent me surveiller pour la nuit. Je ne veux pas rester ici! »

« Je peux lui reparler si c'est vraiment ce que vous voulez, mais je vous garantis qu'il ne vous laissera pas sortir. Nous devons suivre les règlements de cet établissement, il ne fait que son travail. »

Plus je parlais à l'infirmière et plus je réalisais que c'était inutile. Peu importe ce que je dirais, ils n'allaient pas me laisser

s'agissait d'une femme ou d'un homme. Je me suis assise sur le lit et j'ai commencé à pleurer.

« Donc, vous vous sentiez prise au piège et en colère parce que les infirmières ne vous avaient pas dit qu'elles allaient vous garder pour la nuit. »

« Exactement. J'étais tellement fâchée contre elles que je n'avais pas du tout envie de parler. »

« Vous avez vu le psychiatre le lendemain? »

« Oui. »

Je n'ai pas dormi de la nuit. La personne dans le deuxième lit ne dormait pas non plus. Elle ne faisait que soupirer et se retourner dans son lit. Elle semblait en colère; peut-être à cause de ma présence? Il y avait une grande fenêtre près de l'autre lit et le lampadaire à l'extérieur éclairait les arbres qui bruissaient dans le vent, créant des ombres effrayantes sur le mur. Et si la personne qui se trouvait à trois pieds de moi était dangereuse? J'étais dans un hôpital psychiatrique après tout. La personne pouvait bien être un meurtrier ou un schizophrène, quelqu'un qui entendait des voix lui disant de tuer la personne dans le lit d'à côté. Si la personne était suffisamment en colère, elle pourrait essayer de me tuer dans mon sommeil en m'étranglant ou en mettant un oreiller sur mon visage. Je n'avais jamais eu aussi peur de toute ma vie. Je n'arrivais pas à fermer l'œil.

Le lit était inconfortable comme tous les lits d'hôpitaux. Il n'y avait pas de draps, j'étais étendue directement sur le matelas qui semblait être fait de plastique, un peu comme les matelas qu'on trouve dans les gymnases. Il faisait du bruit à chaque fois que je me retournais et j'avais donc peur de bouger car je ne voulais pas rendre mon voisin de chambre encore plus en colère. Il y avait une couverture sur le lit et un oreiller si mince qu'on aurait dit qu'il n'y en avait pas du tout. Une forte odeur de désinfectant se dégageait de l'oreiller et du matelas. J'imaginais que s'il n'y avait pas de draps c'était pour faciliter le nettoyage du matelas avec du désinfectant lorsque le patient avait été tué par son colocataire.

À un certain moment, j'ai entendu mon colocataire se lever. Je me suis figée, n'osant pas faire de bruit. *Ça y est, c'est ainsi que je vais mourir*, ai-je pensé. *Toute seule dans le lit d'un hôpital psychiatrique.* Je me suis sentie soulagée lorsque la personne a quitté la pièce pour ne plus revenir. Je croyais au début que la personne était allée aux toilettes, mais non, j'ai passé le reste de la nuit seule dans cette chambre. C'était tout aussi bien.

Cependant, ça ne m'a pas aidée à m'endormir. Comme si le lit n'était pas déjà assez inconfortable, le garde faisait des rondes toutes les heures et pointait sa lampe de poche vers mon visage à chaque fois pour s'assurer que j'étais toujours en vie. Même si j'avais été capable de m'assoupir, je doute que j'aurais réussi à dormir avec cette lumière.

Ce fut les plus longues heures que j'avais jamais connues. Je me souviens avoir pensé à toutes sortes de choses. J'ai pensé à mon père et à ma mère, qui je l'espérais, était rentrée à la maison. J'ai pensé à Jonathan, à l'école, à mes amis, au genre de personnes qui sont internées dans un hôpital psychiatrique comme des tueurs en série, à mon rendez-vous avec le psychiatre le lendemain.

Je ne sais toujours pas comment j'ai réussi à passer cette nuit-là, mais finalement les premiers rayons de soleil ont commencé à poindre à travers la fenêtre et j'ai pu voir le décor un peu mieux. Il n'y avait pas grand-chose à voir dans cette chambre, seulement deux lits, deux tables de chevet et… c'était tout. Je n'avais pas remarqué la veille que les matelas étaient bleu foncé, mais ça ne changeait pas grand-chose.

J'ai commencé à entendre de plus en plus de bruit alors que l'unité psychiatrique semblait se réveiller. Les gens commençaient à se lever et les infirmières arrivaient pour leur quart de jour alors que celles de nuit quittaient pour la journée. J'ai entendu des pas qui semblaient faire le tour du poste de garde central. C'était un rythme régulier – clac, clac, clac – comme si la personne qui marchait voulait absolument conserver le même rythme. Je me rappelle avoir pensé que ça faisait vraiment peur. Comme si dès qu'un pas ne respectait pas le rythme, quelque chose de terrible allait se produire. La personne allait se rendre compte que j'étais une intruse, allait sortir un couteau et se précipiter dans ma chambre pour me poignarder. Je vous jure que c'est ce que j'ai pensé en entendant ces pas inquiétants et étranges.

Puis j'ai entendu un grand cri qui m'a fait sursauter. Un patient criait qu'il voulait aller à la quincaillerie et qu'il avait besoin de son vaccin avant de partir. C'était complètement insensé, mais il semblait en colère et je pouvais l'entendre frapper les murs de sa chambre en criant d'autres obscénités aux infirmières. J'ai commencé à pleurer. *Mais qu'est-ce que je fais ici?* ai-je pensé. *J'ai peur, je suis seule et ces personnes sont clairement folles. Je n'ai rien à voir avec elles!* Et si leur problème était de faire du mal aux autres, comme le mien était de me faire mal à moi-même? Je ne me sentais pas du tout en sécurité.

Une infirmière tenant une tasse de café et traînant un chariot contenant un instrument pour prendre ma pression est entrée dans ma chambre. Pourquoi est-ce qu'ils s'intéressaient à ma pression sanguine ce matin? Elle a pris mon bras gauche dans sa main et a commencé à glisser la bande en plastique vers le haut de mon bras. J'ai alors réalisé qu'elle avait choisi mon bras qui était meurtri. Je savais que ça risquait de faire mal, alors je lui ai demandé si elle pouvait utiliser l'autre bras à la place. Elle a accepté. *C'est la première chose gentille que quelqu'un ait fait pour moi ici*, ai-je pensé. Elle a semblé satisfaite des résultats de son examen et elle m'a dit que j'avais un rendez-vous avec le psychiatre à neuf heures. Elle m'a également informée que les préposés allaient commencer à distribuer sous peu des déjeuners dans la salle à manger.

Maintenant que j'y prêtais attention, j'avais vraiment faim. J'ai décidé de prendre mon courage à deux mains et d'aller trouver cette salle à manger.

En sortant de ma chambre, je pouvais mieux voir comment était disposée l'unité à la lumière du jour. Les chambres se trouvaient tout autour du poste de garde central, délimité par d'énormes vitres qui se rendaient jusqu'au plafond. Un garde se tenait au milieu du poste, ainsi que deux infirmières ou assistantes qui étaient occupées à répondre au téléphone et à remplir des formulaires. À ma droite se trouvait l'entrée principale, fermée par deux énormes portes en métal flanquées de deux plus petites portes de chaque côté qui menaient aux toilettes et à la salle des casiers. À ma gauche se trouvait un corridor qui menait vers quelques tables disposées dans un espace bien éclairé. Il y avait trois rangées de tables et un préposé était occupé à sortir des cabarets d'un chariot pour les déposer sur les tables. En m'approchant de mon déjeuner, j'ai vu une porte avec une petite affiche de téléphone qui donnait sur une petite pièce. Plus tard, j'allais devoir demander aux gardes si je pouvais faire un appel. J'avais vraiment besoin de parler à Jonathan, surtout après notre dispute.

Je suis passée devant une rangée de chaises disposées en face d'une télévision qui diffusait une reprise de *Mr Bean* silencieuse, avec les sous-titres. Assis sur l'une des chaises, j'ai remarqué un homme qui regardait la télévision sans sembler comprendre ce qu'il regardait. Il avait l'air complètement perdu et sa bouche était grande ouverte, comme s'il l'avait oubliée ainsi ou qu'il n'avait pas l'énergie de la refermer. Je n'étais pas à l'aise, mais j'avais faim, donc je suis passée devant lui pour me rendre à l'une des tables.

Je me suis assise le plus loin possible des autres patients et j'ai examiné ce qui se trouvait dans le cabaret. Il y avait une bouteille de jus d'orange, des rôties qui semblaient avoir été préparées une demi-heure plus tôt, un petit contenant de beurre d'arachides avec un couteau en plastique, une pomme et un yogourt avec une cuillère. J'ai commencé à manger une rôtie, qui était froide, et je me suis demandé quelle heure il était puisqu'ils avaient confisqué ma montre. J'ai regardé sur les murs autour de moi, mais je ne pouvais voir d'horloge nulle part. *On sait bien*, me suis-je dit, *ils ne veulent pas qu'on sache depuis combien de temps on est ici.* En y repensant, c'était un peu mesquin de la part de l'infirmière de m'avoir dit que j'avais un rendez-vous à neuf heures alors que je n'avais aucun moyen de savoir qu'elle heure il était. L'unité n'était pas tellement grande et il ne semblait pas y avoir plus de dix patients au total. Les employés pouvaient garder un œil sur nous et nous localiser facilement une fois venue l'heure de nos rendez-vous.

J'ai terminé tout ce qui se trouvait dans le cabaret et je me suis demandé si je devais le laisser sur la table ou le ramener en quelque part. J'ai décidé de le remettre sur le chariot que le préposé avait abandonné le long du mur. Puis, je me suis dirigée vers les toilettes où j'ai eu la mauvaise surprise de constater que j'avais mes règles. Je n'avais jamais été très régulière, alors c'était une surprise tous les mois, mais ça ne pouvait pas plus mal tomber cette fois-ci. Je ne portais même pas de pantalon! Je me suis rappelée que le garde m'avait dit qu'il rangerait tous mes effets personnels dans un casier, alors je suis allée jeter un coup d'œil à la salle dédiée à cet effet en sortant des toilettes. J'ai rapidement constaté que tous les casiers étaient verrouillés par un cadenas. J'allais devoir demander à quelqu'un d'ouvrir le mien.

Je me suis approchée du poste de garde au milieu de la pièce et j'ai essayé d'attirer l'attention de quelqu'un. Ils semblaient tous être occupés. « Excusez-moi? » ai-je dit, sans recevoir de réponse. « Excusez-moi? » ai-je dit un peu plus fort, attirant cette fois l'attention du garde.

Il a terminé ce qu'il était en train de faire et m'a répondu sur un ton neutre à travers la vitre « Oui? »

« J'ai besoin de quelque chose dans mon sac à dos. Pouvez-vous ouvrir mon casier? »

« Vous ne pouvez pas avoir accès à vos effets personnels », a-t-il dit en se retournant pour vaquer à ses occupations.

« Mais c'est urgent », ai-je commencé, sans avoir envie de lui expliquer la raison devant tout le monde.

« Qu'est-ce qu'il y a de si urgent dans votre sac? » a-t-il demandé.

« Eh bien, ai-je dit, si vous voulez absolument avoir une explication, j'ai commencé à avoir mes règles et j'ai besoin d'aller chercher des tampons dans mon sac à dos. » J'étais vraiment frustrée qu'il m'ait obligée à lui faire un dessin.

« Oh, a-t-il dit. Suivez-moi. »

Il a ouvert mon casier et a reculé d'un pas en attendant que je récupère ce dont j'avais besoin dans mon sac. En fouillant à l'intérieur de ce dernier, je suis tombée sur *Papillon*, le livre que Jonathan m'avait donné. J'ai décidé de prendre les deux : le livre pourrait cacher les tampons et je n'aurais ainsi pas besoin d'annoncer à tout le monde que j'avais mes règles en me promenant avec ça dans les mains. Le garde m'a vue prendre le livre et a dit : « Ce n'est pas ça que vous m'aviez dit vouloir récupérer dans votre sac. »

« Est-ce que je ne peux pas le prendre également? » lui ai-je dit en lui montrant les tampons sous le livre.

« Non, vous ne pouvez pas avoir accès à vos effets personnels. »

« Mais c'est seulement un livre, ça ne fait de mal à personne! » ai-je dit, les larmes aux yeux.

« C'est le règlement », a-t-il répondu avant de me prendre le livre des mains et de le remettre dans le casier avant de le refermer.

« Merci, c'est très gentil de votre part », ai-je dit d'un ton sarcastique.

J'étais embarrassée, mais je me suis rendue jusqu'aux toilettes. Je crois que personne n'a remarqué les tampons; ils étaient trop occupés à être fous.

En sortant des toilettes, l'infirmière qui m'avait examinée précédemment m'a dit : « Mélinda, je vous cherchais! Le psychiatre vous attend. »

« J'aurais été à l'heure si on m'avait laissé garder ma montre », ai-je dit.

Elle n'a rien répondu; elle m'a seulement fait signe de la suivre. Elle s'est dirigée vers le bureau du psychiatre, qui se trouvait dans le coin de l'unité où étaient les chambres. Je suis entrée et j'ai vu un petit bureau avec quelques livres de psychiatrie rangés sur les étagères. Il y avait beaucoup de papiers sur le bureau ainsi qu'une pile de dossiers, un ordinateur et le téléphone que le psychiatre utilisait présentement pour parler devant moi à un collègue à propos d'un autre de ses patients.

« Je sais qu'elle ment, a-t-il dit à la personne à l'autre bout du fil. Vous allez devoir trouver une façon de lui tirer les vers du nez. Je ne crois pas un mot de son histoire. »

Je me suis assise sur la chaise et j'ai regardé le psychiatre, qui ne semblait même pas remarquer que j'étais entrée dans la pièce. J'ai toujours eu de la difficulté à déterminer l'âge des gens, mais il semblait être du même âge que mes parents, donc probablement dans la quarantaine. Il avait des cheveux bruns, d'énormes sourcils et des petits yeux bleus perçants. Il ne me donnait pas l'impression d'être très amical. Il portait un sarreau recouvrant une chemise bleue toute simple sans cravate ainsi qu'un pantalon brun. Il était occupé à écrire des notes en parlant au téléphone. J'ai remarqué qu'il écrivait très rapidement. Il a continué quelques instants avant de finalement poser son crayon et commencer à ranger les papiers qui traînaient sur son bureau en une belle pile qu'il a déposée dans un dossier avant de le refermer. Puis il a raccroché, a mis le dossier dans son tiroir et en a pris un autre sur la pile.

C'était le mien.

« Mélinda, a-t-il dit. Vous êtes arrivée à l'hôpital hier avec votre mère, a-t-il continué en regardant ce qui était écrit sur le seul papier que contenait le dossier. Le docteur croit que vous souffrez peut-être de trouble bipolaire ou d'un trouble de la personnalité limite et il vous a adressée à moi pour une expertise. Vous avez eu de la difficulté à vous acclimater à votre arrivée et vous avez donné un peu de fil à retordre à l'infirmière, mais rien de très grave. Vos signes vitaux ce matin étaient normaux. »

Je suis restée accrochée aux mots « bipolaire » et « trouble de la personnalité limite ». C'était la première fois que j'entendais ces termes et je n'avais aucune idée de ce que ça voulait dire. J'étais confuse.

« Quoi? » ai-je dit.

Il m'a regardé pour une seconde avant de demander : « Est-ce que vous êtes sous l'emprise de la drogue? »

« Quoi? Non! »

« Vous semblez très confuse; je ne crois pas que ça soit votre état normal. Vous semblez être sous l'influence de narcotiques. Est-ce que les infirmières vous ont donné un calmant hier soir? » a-t-il demandé en relisant ce qu'il y avait d'écrit sur le papier devant lui.

« Quoi? Non! Des narcotiques? Je ne prends pas de drogue. Les infirmières ne m'ont rien donné hier soir. »

« Hmmm, d'accord, a-t-il dit, ne semblant pas convaincu. Donc, vous vous mutilez? a-t-il dit en changeant de sujet. Je ne pouvais pas croire à quel point il était direct. Depuis combien de temps est-ce que ça dure? »

« Hmmm, depuis que j'ai commencé l'école secondaire. »

« Et vous avez maintenant seize ans, c'est bien ça? »

« Oui. »

« Est-ce que vous voulez être en couple avec quelqu'un? »

« Quoi? »

« Est-ce que vous êtes attirée par les hommes ou les femmes? »

« Les hommes. J'ai un copain, Jonathan, qui . . . »

Il m'a interrompue : « Un copain, d'accord, et est-ce que vous aimeriez que cette relation dure longtemps? »

« Idéalement oui, mais qu'est-ce que cela a à voir avec . . . »

Il m'a interrompue à nouveau en pointant les cicatrices sur mon bras : « Cela fait peur aux autres. »

Je ne savais pas quoi lui répondre.

« Pourquoi faites-vous cela? Pourquoi vous mutilez-vous? Vous pourriez simplement enfiler un élastique et le faire claquer sur votre poignet ou encore vous plonger les mains dans de l'eau glaciale. »

« Je n'avais pas pensé à cela. J'imagine que l'effet ne serait pas le même que . . . »

Il m'a encore interrompue, cette fois pour me demander ce que je faisais à l'hôpital.

« Je ne sais pas! me suis-je écriée en commençant à pleurer. Je ne sais pas ce que je fais ici avec tous ces fous. Je ne sais pas pourquoi ma mère a décidé de m'emmener à l'hôpital après avoir appris que je me tailladais le bras. Elle a dit qu'elle voulait que je voie un psychiatre, mais je ne sais pas pourquoi, je ne comprends rien de ce qui m'arrive! »

Il a soupiré et a écrit quelque chose dans mon dossier. Il m'a laissée pleurer sans m'offrir de mots de réconfort.

« Est-ce que vous dormez bien? » a-t-il finalement demandé.

« Non, je fais des cauchemars. »

« D'accord. Je vais vous faire une prescription pour deux sortes de médicaments. L'un est pour vous aider à dormir et doit être pris à l'heure du coucher. Le deuxième est pour votre humeur et doit être pris le matin avec votre déjeuner. Les infirmières vont vous apporter vos pilules tous les jours. En ce qui me concerne, je vous revois dans trois jours, disons à neuf heures le matin. »

« Je peux donc rentrer à la maison? » ai-je demandé.

Il a rigolé. « Vous venez juste d'arriver! Vous n'êtes absolument pas prête à retourner à la maison. Vous allez devoir rester ici jusqu'à ce que je puisse vous évaluer convenablement afin de déterminer quel traitement sera le meilleur pour vous. Puis nous pourrons commencer la thérapie et éventuellement, nous vous laisserons sortir si vous nous avez démontré que vous pouvez demeurer stable. »

« Quoi? Mais combien de temps est-ce que ça va prendre? Combien de temps vais-je devoir rester ici? »

« Tout dépend des progrès que vous faites; c'est différent pour chaque personne. Il n'y a pas moyen de savoir combien de temps cela va vous prendre. Certaines personnes se sentent mieux après quelques semaines, d'autres après plusieurs mois. Il y a également ceux qui ne se rétablissent jamais. Nous verrons. »

J'étais sous le choc. Qu'est-ce qui était en train de se passer? C'était comme si on m'avait arrachée à ma vie en un instant et qu'on m'avait projetée dans une vie complètement différente l'instant suivant. Ces gens ne se préoccupaient pas de ma vie antérieure. Ils n'en avaient rien à faire que j'aie une famille, un copain, l'école, des amis, bref toute une vie à l'extérieur de ces murs. Ils avaient mis ma vie sur pause et ils ne se souciaient pas des conséquences. J'étais trop sous le choc pour être fâchée de la façon dont on me traitait.

J'étais également confuse à propos de ce qu'il avait dit sur le trouble de la personnalité. Qu'est-ce qui n'allait pas avec ma personnalité? Comment pouvait-il dire que j'avais une mauvaise personnalité alors qu'il ne me connaissait même pas? Il ne m'avait parlé que cinq minutes, comment pouvait-il faire un tel diagnostic?

Je suis retournée à ma chambre et j'ai essayé de comprendre ce qui se passait. J'ai beaucoup pleuré et j'aurais aimé pouvoir traverser tout cela sans avoir à le vivre, m'endormir pour un mois ou deux jusqu'à ce que tout soit terminé et pouvoir retourner à ma vie normale. Mais comme j'avais de la difficulté à dormir, ce n'était malheureusement pas une option.

« Je suis désolée d'apprendre que votre première expérience auprès de professionnels de la santé mentale ait été si traumatisante, a dit Linda d'un ton compatissant. Vous semblez épuisée en racontant cette histoire; je ne peux pas imaginer comment ça a dû être de le vivre », a-t-elle ajouté.

« Ce fut un vingt-quatre heures difficile », ai-je répondu.

« C'est déjà assez difficile de voir sa vie bouleversée et de devoir s'adapter à un tout nouvel environnement, surtout lorsque notre état mental est fragile. Est-ce qu'ils vous ont finalement laissé parler à votre famille ou vos amis? » a demandé Linda.

Jonathan était celui qui me manquait le plus. Il était la seule personne à me faire sentir comme si tout allait bien aller, comme si personne ne pouvait me faire du mal lorsqu'il était dans les parages. Mais il était à l'extérieur des murs et je ne savais même pas s'il savait où je me trouvais. J'ai décidé que je devais absolument lui parler; je devais au moins lui téléphoner.

J'ai essuyé mes larmes et je me suis rendue au poste de garde pour demander si je pouvais appeler quelqu'un. L'un des gardes a pointé du doigt la porte que j'avais vue plus tôt et m'a dit que c'était possible de faire un appel, mais qu'il allait devoir composer le numéro pour moi. À cette époque, nous connaissions les numéros de téléphone de nos proches par cœur avant d'avoir des téléphones cellulaires pour s'en rappeler à notre place. Je lui ai donc donné le numéro de Jonathan et je me suis dirigée vers la petite pièce.

J'ai ouvert la porte et tout ce que j'ai vu était une chaise et un téléphone accroché au mur. Il faisait vraiment froid dans cette pièce et j'ai frissonné dans ma jaquette d'hôpital. J'ai décroché le téléphone. Ça sonnait. Je me suis demandé si les gardes écoutaient les conversations des patients. J'ai regardé à travers la vitre et j'ai vu le garde raccrocher le téléphone et vaquer à ses occupations. J'imaginais qu'il n'avait pas le temps de nous écouter. Après tout, pourquoi voudrait-il entendre ce que des fous avaient à raconter à leur famille? Ça devait être insensé à leurs yeux.

Le téléphone a continué à sonner jusqu'à ce que finalement, une femme réponde.

« Bonjour? » a-t-elle dit sur un ton de voix agréable.

« Bonjour. C'est Mélinda, la petite amie de Jonathan. Est-ce que je peux lui parler? » ai-je dit en entendant ma voix résonner dans la pièce vide et froide. J'étais certaine que tout le monde pouvait entendre ma conversation de l'autre côté de la porte.

« Oh! Bonjour Mélinda! a-t-elle dit doucement. Écoute, pendant que je t'ai au téléphone, j'aimerais en profiter pour m'excuser de la façon dont j'ai agi lors de notre première rencontre. Mon fils m'a dit que ça a causé une chicane entre vous deux par la suite. Je suis désolée et j'aimerais me faire pardonner si tu acceptes de me donner une seconde chance. J'aimerais t'inviter à venir souper avec nous en fin de semaine. »

Ce qu'elle a dit m'a surprise. Jonathan m'avait déjà dit qu'elle entrait parfois dans une bonne phase où elle voulait devenir la mère du siècle, mais je ne m'attendais pas à ce qu'elle y réussisse si bien. Je me suis soudainement sentie coupable de la façon dont j'avais agi avec Jonathan à cause du comportement de sa mère. Ce n'était pas sa faute et je l'avais blâmé injustement. Je constatais que sa mère faisait de gros efforts et j'aurais adoré aller les rejoindre pour un bon souper.

« J'accepte vos excuses et j'aimerais beaucoup souper avec vous. Malheureusement, ça ne sera pas possible . . . »

« Oh », a-t-elle répondu, l'air déçue.

Je me sentais mal d'avoir refusé alors j'ai tout de suite ajouté : « Je suis à l'hôpital, voyez-vous, et je ne sais pas quand je vais pouvoir sortir. »

« Oh, je vois! a-t-elle dit sur un ton inquiet. Je ne veux pas me mêler de ce qui ne me regarde pas, mais j'espère que tout va bien et que tu vas pouvoir sortir bientôt. »

« Merci », ai-je murmuré, me sentant reconnaissante de sa compassion.

« Je t'ai gardée au téléphone assez longtemps. Attends-moi une minute, je vais aller chercher Jonathan. » J'ai entendu quelques bruissements et finalement, la voix que j'avais attendue si longtemps.

« Mélinda? Où es-tu? Est-ce que ça va? »

J'ai commencé à pleurer et je ne pouvais lui répondre immédiatement.

« Allo? »

J'ai ravalé mes larmes et j'ai réussi à parler.

« Salut Jonathan. Mes parents m'ont amenée à l'hôpital et on me garde dans l'unité psychiatrique. Je ne sais pas quand je vais pouvoir sortir. Tu me manques tellement. Je veux te voir. »

« L'unité psychiatrique? Qu'est-ce qui est arrivé? Pourquoi te gardent-ils avec les fous? »

« Ma mère a découvert que je me mutilais. »

« Oh . . . »

« Ouais . . . elle m'a amenée ici et maintenant ils disent que je suis un danger pour moi-même et que je ne suis pas autorisée à sortir. »

« Au moins tu peux m'appeler, n'est-ce pas? Tu peux m'appeler quand tu veux? »

« Oui, je crois qu'ils vont me laisser appeler autant que je veux. Mais je veux te voir; tu me manques tellement. »

« Tu me manques aussi, chérie. Je me sens tellement coupable à propos de notre dispute et de n'avoir rien fait à propos de l'automutilation. Peut-être que si j'en avais parlé à quelqu'un, nous aurions pu trouver de l'aide et tu ne serais pas enfermée à l'hôpital. Je suis tellement désolé Mélinda. »

« Tu devais t'occuper de tes propres problèmes. Est-ce que tu as passé beaucoup de temps au chalet dernièrement? »

« Non, ma mère s'est disputée avec son copain et elle agit maintenant comme une vraie mère. Elle passe tout son temps avec moi, elle me cuisine des repas et elle s'assure que je me rends à l'école tous les jours. »

« C'est ce que j'ai constaté quand je lui ai parlé au téléphone. On dirait qu'elle fait de gros efforts », ai-je dit.

« On sait bien que ça ne durera pas. »

« Ils ne me laissent pas avoir accès à mes effets personnels ici. Je ne peux même pas lire le livre que tu m'as donné », ai-je dit en recommençant à pleurer.

« As-tu commencé à le lire? » a-t-il demandé.

« Oui. »

« Alors tu sais déjà que ça parle du désir de s'évader, d'être libre à tout prix. Le personnage principal ne laisse jamais rien le démonter, même s'il est enfermé contre son gré, comme toi. Je sais que tu es assez forte pour surmonter ceci, a-t-il dit. Est-ce que je peux venir te rendre visite? »

« Je ne suis pas certaine, ai-je dit. Je n'ai pas revu ma mère depuis que je suis enfermée ici. Je vais demander au psychiatre si je peux recevoir de la visite. »

« Tu es à quel hôpital? Sainte Marie? »

« Oui. »

J'ai sursauté en entendant un coup à la porte. « Votre temps est écoulé; il y a des gens qui attendent pour utiliser le téléphone! » a crié un garde à travers la porte.

« Je crois que je vais devoir y aller. Je vais essayer de te rappeler ce soir, d'accord? »

« D'accord, je vais rester à la maison pour attendre ton appel. Je t'aime », a-t-il dit.

« Je t'aime aussi. »

Des larmes se sont mises de nouveau à couler sur mes joues. C'était la première fois qu'il me disait qu'il m'aimait et j'avais dû entendre ça assise dans une petite pièce froide d'un hôpital psychiatrique. Mais qu'est-ce que ma vie était devenue?

J'ai passé le reste de la journée étendue dans mon lit, à regarder le plafond et me rappeler ce que Jonathan avait dit : s'évader à tout prix, le désir d'être libre. Est-ce que je pouvais être assez forte, mais surtout assez intelligente pour le faire? Par où commencer pour planifier mon évasion? Ça semblait impossible : il n'y avait qu'une porte qui donnait sur l'unité et elle était gardée jour et nuit. Il n'y avait aucun espoir.

Je suis restée ainsi quelques heures, puis une infirmière est venue me dire que c'était l'heure du dîner. Je me suis levée du lit à contrecœur et je me suis rendue à la salle à manger. Mon cabaret contenait cette fois un morceau de poulet qui semblait avoir été bouilli sans aucun assaisonnement, quelques légumes trop cuits, une bouteille de jus de pomme et en dessert, un pouding dans un petit contenant en plastique accompagné d'une cuillère. Il y avait également une tasse en plastique avec un couvercle qui m'intriguait. J'ai soulevé le couvercle et j'ai reniflé, mais le liquide était inodore. J'ai porté la tasse à mes lèvres et j'ai goûté. Ce n'était que de l'eau chaude. Je me suis dit qu'ils ne voulaient probablement pas inclure le sachet de thé de peur que je ne m'étrangle avec le cordon.

Après le dîner, j'ai décidé de regarder la télé. J'espérais pouvoir écouter les nouvelles et ainsi avoir le sentiment de continuer d'appartenir au monde extérieur plutôt qu'être dans cette bulle en dehors du temps alors que tout le monde continuait sa vie normale. Je n'ai pas eu cette chance, c'était plutôt un feuilleton qui passait à la télé. J'ai essayé de le regarder, mais c'était tellement ennuyeux que j'ai rapidement perdu intérêt.

Le psychiatre avait dit que j'allais le revoir dans trois jours. J'allais devenir folle pour de vrai si je ne trouvais pas quelque chose pour m'occuper. Mais il n'y avait rien à faire. J'ai décidé d'essayer de dormir, donc je suis retournée dans ma chambre. Mon colocataire n'était pas revenu; j'imaginais qu'il ou elle s'était plaint à un garde à propos de la nouvelle occupante bruyante et s'était vu octroyer une nouvelle chambre. Ça me convenait très bien; je n'avais envie de parler à personne ici, j'avais peur des autres patients.

Le jour suivant, j'ai commencé à penser de plus en plus sérieusement à mon évasion. C'était plus facile à dire qu'à faire, mais j'ai commencé à étudier mon environnement plus soigneusement. Aucune fenêtre ne pouvait s'ouvrir et elles étaient toutes renforcées à l'extérieur par des barreaux. Même si je lançais quelque chose sur la fenêtre pour la briser, l'espace entre les barreaux n'était pas assez grand pour que je puisse m'y glisser.

Pourtant, il devait bien y avoir une sortie de secours quelque part; le règlement de l'immeuble devait l'exiger. Que se passerait-il en cas de feu de l'autre côté de la porte principale de l'unité? Est-ce que tous les patients seraient brûlés vifs? Non, il devait y avoir une sortie de secours et il me suffisait de la trouver.

Le matin suivant, la même infirmière que la veille est entrée dans ma chambre avec sa tasse de café habituelle. Elle m'a donné les pilules prescrites par le psychiatre dans un petit contenant en plastique ainsi qu'un verre d'eau. Elle m'a regardée alors que je prenais chaque pilule pour être certaine que je l'avalais. *Ils ne prennent aucun risque*, me suis-je dit.

La journée ressemblait beaucoup à la précédente : essayer de dormir autant que possible pour passer le temps et regarder une émission de cuisine inintéressante à la télé. Il s'agissait plus d'une publicité pour un grill qu'ils essayaient de vendre. Les recettes qu'ils présentaient étaient incroyables et semblaient dégoûtantes.

Lorsque l'heure du coucher est arrivée, l'infirmière est venue me donner une autre dose de médicaments, ceux pour m'aider à dormir. Il n'y avait qu'une petite pilule rose dans le contenant en plastique. Je trouvais qu'elle avait l'air inoffensive et j'avais de sérieux doutes quant à sa capacité à m'endormir. Je l'ai quand même avalée sous le regard inquisiteur de l'infirmière.

Comme je m'étais trompée! Après environ cinq minutes, tout autour de moi a commencé à se brouiller. Je pouvais entendre les conversations des gens en dehors de ma chambre, mais tout le monde semblait parler au ralenti. Ma tête était lourde et j'avais l'impression d'être dans un nuage car tout était gris autour de moi. J'ai commencé à me sentir étourdie et je me suis étendue sur mon lit. Ça ne m'a pris que cinq minutes pour m'endormir profondément. Je ne me suis réveillée que le lendemain matin lorsque l'infirmière est venue m'apporter mes médicaments. J'avais manqué le lever du soleil; il faisait plein jour lorsque je me suis réveillée. Je n'avais jamais dormi si profondément sans rêver auparavant. Je me sentais comme si on m'avait frappée à la tête avec quelque chose de très lourd et que j'avais passé plusieurs jours dans le coma. Je n'avais jamais été dans le coma de ma vie, mais j'imaginais que c'était ainsi que les gens devaient se sentir à leur réveil. Ils n'y allaient pas de main morte avec la médication ici.

J'ai avalé mes pilules du matin, puis l'infirmière m'a dit que j'avais un rendez-vous avec le psychiatre à neuf heures. Je lui ai demandé quelle heure il était et elle m'a répondu qu'il n'était que huit heures, ce qui voulait dire que j'avais assez de temps pour manger une bouchée avant de voir le docteur.

« Le point positif est que vous avez enfin pu vous reposer », a dit Linda en souriant.

« Vous avez raison. J'imagine que c'est la seule bonne chose qui ressort de mon passage là-bas. »

« Nous allons devoir nous arrêter pour aujourd'hui. En fait, notre temps est écoulé depuis dix minutes, mais je ne voulais pas vous interrompre, a-t-elle ajouté. Vous faites d'excellents progrès. »

« Je dois admettre que c'est parce que je me sens à l'aise avec vous et que j'ai l'impression que vous me comprenez », ai-je répondu.

« Je suis heureuse de l'entendre », a dit Linda.

HUITIÈME SÉANCE

Lorsque je me suis réveillée ce matin-là, je me suis sentie emballée à l'idée de mon rendez-vous avec Linda. J'avais l'impression d'aller rencontrer une amie plutôt qu'un psychiatre et c'est ce qui faisait toute la différence. Elle était tellement plus aimable que le premier psychiatre que j'avais rencontré. J'étais aussi aidée par le fait que je ne la rencontrais pas dans un hôpital où je n'avais pas d'autre choix que de me présenter aux séances si je voulais sortir un jour. J'aurais raconté à l'autre psychiatre tout ce qu'il voulait entendre pour qu'il me laisse sortir. C'était différent avec Linda; personne ne me forçait à la rencontrer, j'y allais parce que je le voulais bien et j'avais ainsi l'impression de pouvoir m'ouvrir beaucoup plus aisément. Il n'y avait pas de conséquences indésirables à lui raconter la vérité.

J'ai conduit mon auto jusqu'à son bureau en chantant en chœur avec la radio. Aujourd'hui était une belle journée et j'allais en profiter autant que possible.

« Bonjour Mélinda! a dit Linda en venant me chercher dans la salle d'attente. Comment allez-vous aujourd'hui? »

« Je dois dire que je vais très bien », ai-je répondu avec un sourire.

« Je suis contente d'apprendre cela. Il semble que nos séances aient un effet bénéfique sur vous. »

« Effectivement. Je me sens libérée d'un fardeau qui me suivait tout le temps. C'est un nouveau sentiment de soulagement. »

« Voulez-vous poursuivre votre histoire? »

« Certainement. »

Je suis entrée dans le bureau du psychiatre pour notre deuxième entretien et cette fois-ci, j'étais satisfaite de constater qu'il n'était pas au téléphone en train de discuter d'un autre patient. Je n'en avais rien à faire de ses autres patients et je ne suis pas certaine que ces derniers apprécieraient d'apprendre que le docteur ne se gênait pas pour discuter de leur cas devant un étranger – une autre personne folle, en fait.

Je me suis assise et j'ai essayé de tirer la jaquette plus bas sur mes genoux pour ne pas être indécente.

« Vous semblez inconfortable, a-t-il dit. Est-ce que quelque chose vous rend nerveuse? »

« Non », ai-je répondu en cessant de bouger. Je n'avais pas envie de lui parler.

« Comment avez-vous dormi la nuit dernière? »

« Bien. C'était le meilleur sommeil de ma vie. »

« Pas de cauchemars? »

« Pas de rêve du tout. »

Il a pris quelques notes, puis m'a regardée tout en restant silencieux.

« D'accord, a-t-il dit après un moment. Voici comment notre séance va se dérouler aujourd'hui. Je dois déterminer si vous souffrez de maladies ou de troubles quelconques, alors je vais vous demander de me raconter votre vie. Commencez par vos tout premiers souvenirs d'enfance et racontez-moi tout ce qui s'est passé d'important dans votre vie jusqu'à maintenant. Dites-moi tout ce dont vous vous rappelez, tout ce qui vous vient en tête, même si ce n'est pas dans l'ordre chronologique. Je vais vous écouter et peut-être vous poser quelques questions, mais je veux surtout vous connaître. »

« D'accord », ai-je dit sans trop savoir par où commencer. Je me sentais intimidée par l'énorme tâche à accomplir. J'ai commencé par mon plus ancien souvenir, celui de ma sœur et moi qui mangions de la crème glacée dans notre cour. Je me souviens d'un concours pour savoir qui allait terminer la sienne en premier. Nous renversions de la crème glacée partout et nous rigolions. C'était un beau souvenir.

Je lui ai ensuite parlé de plein de choses dont je me souvenais, de Julie et Claire, du fait de n'avoir aucun ami en commençant le secondaire et de Jonathan. C'était un peu bizarre au début, comme si l'histoire de ma vie était tellement insignifiante que ça allait l'ennuyer à mort, mais il a tenu parole et il n'a rien dit, sauf pour me poser une question ici et là lorsqu'il ne comprenait pas quelque chose. Il n'a pas fait de commentaires, il ne faisait que prendre beaucoup de notes. Au début, j'essayais d'éviter de parler des souvenirs douloureux comme l'épisode où Julie m'avait frappée avec un parapluie. Je racontais les événements, mais je lui épargnais les détails car je ne voulais pas les revivre. Je n'ai pas mentionné l'attaque des garçons du tout. Mais à force de parler, j'en suis venue à raconter plus de détails et je commençais à parler avec une certaine aisance.

Les mots sortaient de ma bouche en un jet constant, sans hésitations et sans bafouillements. J'ai continué à parler jusqu'à en oublier que j'avais un auditoire par moments. J'avais l'impression de me raconter ma vie à moi-même et je ne pouvais m'empêcher de pleurer à certains endroits. Ça ne m'a pas arrêtée de parler. J'ai commencé à pleurer plus fort lorsque je lui ai raconté avoir découvert que Jonathan se faisait frapper par le copain de sa mère. Je m'étais sentie tellement impuissante lorsqu'il m'avait raconté cela. Je voulais absolument l'aider car je l'aimais tant. Je voulais l'aider à partager ce fardeau, mais il n'y avait rien que je puisse faire à part le prendre dans mes bras et pleurer avec lui. J'aurais fait n'importe quoi pour le sauver. Il ne méritait pas de se faire traiter de la sorte; c'était une si bonne personne. Je ne pouvais pas croire que quelqu'un puisse le maltraiter ainsi.

J'ai cessé de parler soudainement. J'en étais rendue à mon arrivée à l'hôpital et il connaissait le reste de l'histoire. J'ai toutefois continué à pleurer car je m'ennuyais de Jonathan et j'aurais aimé pouvoir le voir.

« Est-ce que c'est possible de recevoir des visiteurs ici? » ai-je demandé en essuyant les larmes de mes yeux.

« C'est possible, mais la personne doit être approuvée au préalable par moi, pour m'assurer que vous n'êtes pas exposée à de mauvaises influences extérieures », a-t-il répondu.

« Est-ce que Jonathan pourrait venir me voir? » ai-je demandé avec espoir.

« Peut-être, a-t-il répondu. Nous allons devoir parler de votre relation avec lui d'abord afin que je détermine quelle influence il a sur vous. »

J'ai hoché la tête. Il y avait de l'espoir après tout.

« Je crois que nous en avons fait beaucoup pour aujourd'hui, a-t-il dit après que j'ai eu fini de parler. Vous avez mentionné plusieurs événements dont nous allons devoir parler plus en détail afin de mieux comprendre ce qui se passe dans votre tête, a-t-il ajouté. Je vous revois demain. Vous avez fait du très bon travail aujourd'hui Mélinda, merci. »

En retournant à ma chambre, je me suis sentie épuisée. J'étais vidée, comme si j'avais évacué tous les sentiments qui habitaient mon corps et qu'il ne me restait rien à part un sentiment de vide ou de mélancolie pour les bons moments et de la honte ou du regret pour les mauvais. Je suis allée m'étendre sur mon lit et je me suis endormie en peu de temps. J'ai passé le reste de la journée à dormir; j'étais tellement fatiguée.

Le prochain rendez-vous avec le docteur a été tout aussi épuisant. Il m'a posé des questions à propos de Julie et Claire et de la façon dont elles m'avaient abandonnée, ainsi qu'à propos de l'automutilation. Il s'intéressait à mes réactions aux événements et aux pensées qui m'avaient traversé l'esprit durant ces épreuves. C'était douloureux de se rappeler ces souvenirs. Je ne me laissais pas revivre ces émotions au début, j'avais trop peur de perdre le contrôle et de ne plus pouvoir arrêter de pleurer. Le psychiatre m'a patiemment expliqué que, physiquement, c'était impossible de ne plus pouvoir s'arrêter de pleurer. Mon corps allait finir par arrêter de produire des larmes et relâcher de puissantes hormones pour aider à me calmer. Ce n'était pas possible de perdre le contrôle de ses émotions. J'ai décidé de lui faire confiance et j'ai commencé à lui expliquer ce qui s'était passé.

Lorsque Julie et Claire m'avaient abandonnée, je m'étais sentie trahie, comme si elles avaient préparé leur coup à mon insu pendant tout ce temps, juste pour me blesser. Je ne pouvais plus faire confiance à personne car j'avais peur d'être blessée à nouveau de la même manière. Je m'étais sentie rejetée, comme si chaque personne au monde m'avait envoyé un petit mot disant « Nous ne voulons pas de toi », comme si je ne méritais pas d'avoir des amis car j'avais fait quelque chose de mal. Comme si j'étais une personne horrible et que j'avais mérité qu'on me rejette. En fin de compte, les émotions étaient devenues trop fortes pour que je puisse les gérer, donc j'avais décidé de me faire mal. Je me sentais mieux sur le coup, alors j'avais continué de le faire. À chaque fois que je devais faire face à une émotion intense, je faisais tout mon possible pour garder cette émotion à l'intérieur. Le fait de m'entailler le bras m'aidait à penser à autre chose. Je vous ai déjà expliqué tout ça, mais c'était bizarre de l'expliquer au psychiatre, surtout qu'il ne réagissait pas à ce que je lui racontais. Il me laissait parler sans dire un mot; je n'avais donc aucune idée s'il me croyait complètement folle ou non. Je me suis vidé le cœur autant que j'en étais capable et c'était épuisant.

« Vous avez donc fait un effort pour vous ouvrir à propos de certains événements, a dit Linda, mais vous en avez gardé d'autres pour vous car c'était trop douloureux et vous n'étiez pas certaine de pouvoir lui faire confiance. »

« Oui, je lui en ai dit beaucoup, mais pas tout. Je savais que la seule façon de sortir de cet hôpital était de parler, alors c'est ce que j'ai fait. C'est devenu un peu plus aisé après quelque temps, mais quand venait le moment de parler des événements traumatisants de ma vie, je n'étais pas assez à l'aise pour le faire. »

« Est-ce que vous pensez que votre conversation avec lui vous a aidée, ne serait-ce qu'un peu? »

« Pas vraiment. J'étais complètement épuisée après nos séances et je dormais beaucoup durant la journée. Je n'avais pas l'impression de progresser. »

« Et en y repensant aujourd'hui, croyez-vous que la guérison soit quelque chose qui puisse se faire aussi rapidement? »

« Non. Je comprends maintenant que la thérapie prend du temps. On ne se sent pas miraculeusement mieux en sortant du bureau d'un professionnel après une seule séance. C'est un long processus. Mais je l'ignorais à ce moment-là. »

Après quelques semaines de ces séances avec le psychiatre, je n'en pouvais plus. Je ne comprenais pas pourquoi il insistait toujours pour parler des événements douloureux de ma vie. On ne parlait jamais de quelque chose de joyeux; on revenait toujours aux moments les plus sombres et j'en avais assez. Chaque jour, je m'enfonçais de plus en plus loin dans les émotions négatives, je m'épuisais et je passais le reste de la journée à pleurer ou dormir. Je ne voyais pas comment c'était censé m'aider. J'avais seulement l'impression que mon état s'était dégradé depuis mon arrivée à l'hôpital; je ne voyais aucun progrès. J'en avais assez, je devais sortir de là et rejoindre Jonathan. C'était la seule chose dans ma vie qui me rendait heureuse. Je ne comprenais pas pourquoi le docteur ne me laissait toujours pas le voir. Ces gens ne m'aidaient pas, ils ne faisaient que me tirer vers le bas.

Toutes les journées se ressemblaient et j'avais perdu la notion du temps jusqu'à ce qu'un matin, je sorte de ma chambre pour constater que les infirmières du quart de nuit avaient placé des décorations de Noël partout dans l'unité. Un sapin de Noël avait été érigé près du poste de garde. Il n'avait pas de lumières, mais quelques décorations ici et là. Ces dernières semblaient dater de trois générations et certaines étaient de gros flocons de neige qui semblaient avoir été fabriqués à la main. Je suis restée devant le sapin quelques instants. Je ressentais plusieurs émotions. Je trouvais que c'était bien aimable de la part des infirmières d'avoir passé du temps à décorer l'unité. C'était la seule chose que nous avions pour nous rattacher à ce qu'il restait de nos vies normales. Mais les décorations elles-mêmes semblaient si tristes et usées qu'elles ne faisaient que me rappeler à quel point il était déprimant de devoir passer Noël seule dans cet endroit. J'aurais dû être près de ma famille à ce moment de l'année. Nous aurions dû nous échanger des cadeaux, écouter de la musique et rire ensemble. Jonathan serait venu chez mes parents et je serais allée chez lui pour célébrer avec sa mère.

Au cours du prochain rendez-vous avec le psychiatre, je lui ai demandé s'il serait possible que ma famille me rende visite. Je les avais appelés quelques fois, mais ils me manquaient et je voulais les voir.

Il trouvait que c'était une bonne idée et il a dit qu'il allait arranger une visite avec la secrétaire de l'unité.

Deux jours plus tard, une infirmière est venue me dire que j'avais des visiteurs. Puis j'ai vu ma mère, mon père et ma sœur entrer dans ma chambre en souriant. Je me suis immédiatement mise à pleurer. J'étais tellement contente de les voir enfin! Nous nous sommes regroupés pour nous donner un câlin et nous sommes restés ainsi quelques minutes. J'avais tellement honte de les obliger à venir me voir ici, où je me tenais en jaquette d'hôpital, mais peu importe, j'étais contente de les voir. J'ai vu ma mère essuyer une larme avant de prendre ma main dans la sienne et de la serrer. Mon père est resté silencieux, mais je pouvais voir qu'il était ému. Je ne l'avais jamais vu pleurer auparavant et j'ai senti une pointe de regret lorsque je l'ai regardé de plus près. On aurait dit qu'il avait pris dix ans depuis la dernière fois que je l'avais vu. Il semblait avoir encore plus de cheveux gris dans sa chevelure et je me sentais responsable pour chacun d'entre eux. Émilie semblait émue et à court de mots pour une fois. Elle s'est assise sur le lit inoccupé et regardait autour d'elle.

« Comment tu vas chérie? a demandé ma mère. Est-ce que tu dors bien? Est-ce qu'ils te nourrissent suffisamment? »

« Ils me donnent des pilules pour dormir et je suis très fatiguée. La nourriture n'est pas très bonne, mais je peux en avoir autant que je veux. »

« Est-ce que tu vois un psychiatre? » a demandé Émilie depuis sa place sur le lit.

« C'est ce qu'il y a de pire, ai-je dit. Je dois le voir plusieurs fois par semaine et je dois parler de moi. Je ne sais toujours pas ce qu'il veut entendre pour me donner l'autorisation de sortir, ai-je continué en pleurant. Je dois sortir d'ici. »

« Chut, a dit ma mère en me prenant dans ses bras. Tout va bien aller ma chérie. »

« Mais quand? Je veux rentrer à la maison. Pouvez-vous me ramener avec vous? » ai-je demandé d'une petite voix.

« Nous adorerions que tu rentres avec nous à la maison, a dit mon père, mais tu dois rester ici jusqu'à ce que tu ailles mieux. »

« Mais quand est-ce que je vais aller mieux? Qu'est-ce que je dois faire pour guérir? Et qu'arrivera-t-il si rien ne s'améliore? Est-ce que je vais devoir rester ici pour toujours? » ai-je demandé en commençant à paniquer.

« Tu vas guérir, ma petite sœur », a dit Émilie les yeux pleins de larmes. C'était la première fois que je la voyais montrer une quelconque forme d'émotion pour moi. « Lorsque maman et papa m'ont dit ce qui t'était arrivé, j'ai eu tellement peur de te perdre. Pourquoi n'as-tu rien dit? J'aurais pu essayer de t'aider! » a-t-elle dit en se levant pour s'approcher de moi.

Je me suis approchée d'elle et elle m'a prise dans ses bras. J'ai pleuré un peu sur son épaule.

« J'ai essayé, ai-je dit, mais tu ne m'écoutais pas. »

« Je suis tellement désolée », a-t-elle dit.

Quelques minutes de silence malaisant ont suivi car nous ne savions plus quoi dire. Ils n'étaient probablement pas certains de ce dont ils pouvaient parler. Ils devaient se douter que de me parler de leurs vies ne ferait que me rappeler que je n'en faisais plus partie; ils ne voulaient pas être insensibles. Ils ont complètement évité le sujet de Noël puisqu'ils ne pouvaient pas m'offrir de cadeaux. C'était interdit d'apporter des objets de l'extérieur.

« Comment va ton copain? » a fini par demander Émilie.

« Bien, je crois. Je ne sais pas, je ne l'ai pas vu depuis que je suis ici. Le psychiatre n'a pas encore déterminé s'il était une bonne influence sur moi ou non. »

« Oh, je suis désolée », a dit Émilie.

La conversation s'est encore calmée suite à cela. Finalement, mon père a dit qu'ils devaient partir car ils avaient un rendez-vous. Nous nous sommes fait des câlins et ils sont partis.

Je leur étais reconnaissante pour leur visite, mais ça avait été douloureux. Je me sentais comme si rien ne serait plus pareil et que tout était ma faute.

« Est-ce qu'en fin de compte le psychiatre vous a laissé rencontrer Jonathan? » a demandé Linda.

« Je ne suis pas restée assez longtemps à l'hôpital pour le découvrir », ai-je répondu.

NEUVIÈME SÉANCE

« Donc, vous me disiez la semaine passée que vous n'êtes pas restée assez longtemps à l'hôpital pour savoir s'ils vous laisseraient voir Jonathan. Est-ce qu'ils vous ont laissé partir? » a demandé Linda.

« Pas exactement. Après la visite de ma famille et Noël à l'hôpital qui ressemblait à n'importe quelle autre journée, j'ai décidé que j'en avais assez. »

Je devais trouver le moyen de m'échapper, je devais sortir de là avant qu'ils ne finissent par me tuer avec mes propres larmes.

J'ai donc commencé à penser sérieusement à une façon de m'évader. J'ai pensé déclencher l'alarme incendie, mais je me suis ravisée car ils devaient avoir des protocoles en place lorsque l'alarme sonnait. Ils allaient probablement prendre les présences à ce moment-là.

Si je voulais m'évader, j'allais devoir récupérer mes vêtements. Imaginez voir une personne qui traverse la rue habillée en jaquette d'hôpital en plein milieu de l'hiver. Votre première réaction serait d'appeler la police. Je devais donc absolument récupérer mes vêtements.

Un plan commençait à prendre forme dans mon esprit, mais j'allais devoir attendre quelques jours pour rassembler tout ce qui me serait nécessaire. Je pouvais continuer à parler au médecin pendant quelques jours comme si de rien n'était tout en planifiant mon évasion.

Cette nuit-là, quand l'infirmière est venue me donner ma pilule pour dormir, j'ai vidé le contenant en plastique dans ma main, j'ai porté cette dernière à ma bouche et j'ai simulé un mouvement de déglutition avant d'ouvrir ma bouche pour montrer à l'infirmière qu'elle était vide. Lorsqu'elle est sortie de la pièce, j'ai regardé la pilule qui était restée cachée entre mes deux doigts. J'avais réussi à la berner. Il me restait à calculer combien de ces petites pilules seraient nécessaires pour endormir un adulte ou au moins lui causer un étourdissement. C'était difficile à dire, mais j'ai finalement décidé d'attendre d'avoir amassé dix pilules.

Les jours suivants se ressemblaient tous : rencontre avec le psychiatre pour parler de mauvais souvenirs, pleurer ou dormir toute la nuit et économiser mes pilules.

Une fois la bonne quantité accumulée, j'ai attendu la visite matinale de l'infirmière pour ma dose de médicaments. J'ai intentionnellement laissé tomber par terre les pilules qu'elle me tendait et j'ai versé ma réserve dans son café pendant qu'elle se penchait pour les ramasser. Je ne voulais pas la tuer (je m'en serais voulu pour toujours!), je voulais seulement créer une diversion. Il était trop tard maintenant pour des remords, je ne pouvais rien faire d'autre qu'attendre de voir ce qui allait arriver. Je l'ai vue prendre une gorgée de son café en se rendant vers son prochain patient. Je me suis demandé combien de temps ça prendrait pour que les pilules fassent leur effet. *Mon dieu, j'espère que ça ne va pas la tuer*, ai-je pensé.

J'étais étendue sur mon lit en train d'entrevoir les pires conséquences de mon geste lorsque j'ai entendu des gens s'agiter dans le corridor. *Ça y est*, ai-je pensé en me relevant du lit aussi vite que possible. J'ai jeté un coup d'œil à travers la porte et j'ai vu l'infirmière assise par terre. Le garde était agenouillé près d'elle pour s'assurer qu'elle allait bien. C'était maintenant ou jamais; il n'y avait personne au poste de garde. Parfait. J'ai tendu le bras aussi loin que possible à travers l'ouverture dans les vitres pour tenter d'atteindre les clés sur le bureau. J'ai réussi à les saisir et j'ai retiré mon bras précipitamment. J'ai jeté un coup d'œil aux alentours. Tout le monde était occupé à regarder l'infirmière.

Tout se déroulait comme prévu. Je me suis rendue à la salle des casiers. J'en étais rendue à la partie difficile. Je devais trouver quelle clé ouvrirait mon casier. Je n'aurais certainement pas le temps d'essayer les quinze clés avant que quelqu'un ne découvre le pot aux roses. Je devais m'en remettre à la chance, alors j'ai essayé la première clé du trousseau. Ce n'était pas la bonne. La suivante non plus. Ni celle d'après. Je commençais à être vraiment nerveuse lorsque finalement, la sixième clé a ouvert le cadenas. Je l'ai replacé soigneusement pour que, de loin, il ait l'air fermé et je me suis dépêchée de retourner vers le poste de garde. J'ai lancé les clés à travers l'ouverture et je suis retournée à ma chambre. Mon cœur battait la chamade. Je n'arrivais pas à croire que j'avais réussi. C'était toute une poussée d'adrénaline, je me sentais de nouveau en vie. J'ai souri.

Maintenant que la première partie de mon plan avait fonctionné, je me sentais plus sûre de moi. Je pouvais y arriver. J'allais sortir de là et me retrouver dans les bras de Jonathan d'ici la fin de la nuit. Oh, comme j'avais hâte de sentir ses bras autour de moi et ses lèvres sur les miennes!

J'en étais maintenant rendue à la deuxième partie de mon plan. Dans la salle des casiers, j'avais remarqué une petite porte qui donnait sur un petit placard où étaient entreposés les items de conciergerie. Ce placard était situé en dehors de l'espace occupé par l'unité psychiatrique, donc la petite fenêtre qui s'y trouvait n'était pas renforcée par des barreaux. Par conséquent, elle pouvait être forcée ou brisée. La difficulté était de me rendre à cette pièce sans que personne ne s'en rende compte, puis de m'évader. J'en avais conclu que le meilleur moment pour mettre mon plan à exécution serait la nuit, juste après la première ronde du garde. Il s'écoulerait une heure avant la ronde suivante, où il allait se rendre compte que j'avais disparu. Je comptais bien être en route pour la maison de Jonathan d'ici là.

J'étais couchée dans mon lit ce soir-là et mon cœur battait fort dans ma poitrine. *Ça y est,* ai-je pensé. *Si je me fais prendre, ils seront encore plus suspicieux et me surveilleront vingt-quatre heures sur vingt-quatre. Ils pourraient même m'enchaîner à mon lit.* Je ne pouvais pas me permettre d'échouer. Alors que les patients commençaient à aller au lit, j'ai entendu le son particulier que faisait la porte principale lorsqu'elle s'ouvrait ainsi que les infirmières du quart de nuit échanger des instructions avec celles du quart de jour qui étaient sur le point de partir. J'avais environ une demi-heure d'attente devant moi avant la première ronde du garde. J'essayais de passer le temps en pensant à Jonathan. J'avais tellement hâte de sortir de là!

J'ai enfin entendu la porte de ma chambre s'ouvrir et j'ai fermé les yeux juste au moment où la lampe de poche a éclairé mon visage. Une fois convaincu que je dormais, le garde a refermé légèrement la porte derrière lui avant de se diriger vers la prochaine chambre sur sa route. C'était le moment de passer à l'action. J'ai pris ma couverture et je me suis dirigée vers la porte, puis j'ai jeté un coup d'œil à l'extérieur. Comme prévu, le garde se dirigeait vers les chambres directement en face de la mienne, ce qui voulait dire qu'il me tournerait le dos dans quelques instants. J'ai patienté, accroupie près de ma porte. Dès que je l'ai vu entrer dans une chambre suffisamment éloignée, je suis sortie de ma cachette pour me diriger vers la salle des casiers. Je suis restée aussi près du sol que possible pour ne pas attirer l'attention ou créer des ombres. Je n'avançais pas aussi rapidement que je l'aurais voulu, mais il valait mieux avancer lentement et sûrement que de se faire prendre. Je me suis donc rendue lentement à la salle des casiers. J'y suis entrée furtivement et je me suis relevée, le dos au mur, pour jeter un dernier coup d'œil derrière moi et être certaine que le garde ne me suivait pas. Il était hors de mon champ de vision et je n'entendais rien à l'exception de ses pas réguliers et d'un patient qui toussotait. Je pouvais poursuivre.

Je me suis rendue au casier contenant mes effets personnels en priant pour que personne n'ait remarqué depuis ce matin que le cadenas était ouvert et ait décidé de le refermer. J'ai tiré doucement sur la plus grande partie du cadenas et j'ai été soulagée de voir la partie supérieure se dégager comme prévu. J'ai retiré le cadenas de la boucle qui le retenait et j'ai ouvert la porte du casier lentement pour ne pas faire de bruit susceptible d'alerter le garde. J'ai sorti mon sac à dos et mes vêtements, refermé la porte silencieusement et je me suis dirigée vers la petite porte dans le coin de la pièce. J'avais remarqué auparavant qu'il n'y avait pas de serrure sur cette porte; elle devrait donc s'ouvrir sans problème. Je suis entrée dans la petite pièce. Je ressentais encore une fois toute une poussée d'adrénaline. Je n'avais pas le temps d'être nerveuse, j'étais concentrée sur la tâche à accomplir.

J'ai retiré la jaquette d'hôpital et je l'ai laissée tomber au sol avant d'enfiler mes vêtements de ville. J'ai enfilé mes souliers et j'ai recouvert mon poing avec la couverture pour couvrir le bruit de la vitre alors que je la frappais de toutes mes forces. Le son a été grandement étouffé et les morceaux de vitre sont tombés à l'extérieur sur la neige. J'ai attendu quelques moments pour voir si j'avais alerté quelqu'un. N'entendant rien, j'ai commencé à retirer les morceaux de vitre qui étaient restés attachés à la fenêtre pour ne pas me blesser en passant au travers. J'ai lancé mon sac à dos à l'extérieur en premier, puis j'ai agrippé le cadre en bois de la fenêtre, j'ai passé mes pieds au travers de cette dernière avant de me donner une impulsion pour passer au travers. J'ai atterri sur mes pieds dans la neige à l'extérieur de l'unité psychiatrique.

À ma gauche se trouvait le stationnement du personnel de l'hôpital, et bien que j'aurais préféré ne pas m'approcher du stationnement bien éclairé où je risquais de croiser quelqu'un, c'était ma seule option car à ma droite se trouvait le coin de l'immeuble qui était occupé par le département psychiatrique. Je n'avais pas envie de passer devant les fenêtres de l'unité et risquer d'être aperçue. De plus, à la limite du terrain de l'hôpital se trouvaient des résidences privées. Je n'avais pas envie non plus de passer par la cour arrière de quelqu'un car je risquais d'être vue. Le stationnement me semblait un choix plus sûr. En m'y rendant, j'ai pris la précaution de recouvrir ma tête de mon capuchon pour qu'on ne me reconnaisse pas. Il faisait froid à l'extérieur et j'aurais aimé avoir plus qu'un kangourou pour me réchauffer, mais je n'avais pas le choix. Je n'avais pas de manteau d'hiver avec moi lorsque j'étais arrivée à l'hôpital. J'avais cependant l'air assez normal en marchant entre les voitures comme quelqu'un qui vient de terminer son quart de travail et qui rentre à la maison. J'ai vu quelques personnes passer, mais elles étaient assez loin de moi et n'ont pas semblé me remarquer.

J'ai vu la sortie du stationnement et j'ai été soulagée de voir que les barrières automatisées ne requéraient pas la présence d'un garde de sécurité. Dieu merci pour les coupures budgétaires. Traverser la barrière aurait pu être un problème si j'avais eu un véhicule, mais pour un piéton il était assez aisé de contourner la barrière et de se rendre à la rue.

J'avais un long chemin à parcourir puisque l'hôpital se trouvait de l'autre côté de la ville où habitait Jonathan. J'en avais sûrement pour deux heures à marcher. Je n'étais pas très en forme après avoir passé tant de jours à ne rien faire et à dormir, mais je savais que je pouvais le faire. Le pire était maintenant derrière moi. J'avais l'air typique d'une adolescente qui venait de débarquer de l'autobus et rentrait chez elle après une soirée. Personne n'allait me remarquer maintenant, j'étais libre.

En marchant, je me suis mise à espérer que Jonathan soit chez lui et pas au chalet. Il m'avait dit que sa mère était dans une bonne passe, ce qui voulait dire qu'ils seraient probablement tous les deux à la maison à moins que Pierre, le copain de sa mère, n'ait décidé de passer les voir, ce qui pourrait poser problème. Je ne pouvais pas marcher jusqu'au chalet, même si je me souvenais quelles routes nous avions empruntées pour nous y rendre.

J'ai tourné au coin de sa rue après exactement deux heures et sept minutes de marche. J'avais récupéré ma montre. J'ai jeté un coup d'œil dans l'entrée et je n'ai vu qu'une seule auto, qui appartenait probablement à sa mère. Je n'ai pas vu son scooter, mais c'était normal puisqu'il le rangeait dans le garage pendant l'hiver. Je devais me rendre jusqu'à sa chambre et frapper à sa porte pour voir s'il y était. Ça ne posait pas de gros problème puisque je connaissais bien sa maison. Je n'avais qu'à sauter par-dessus la clôture pour me rendre dans la cour et monter les quelques marches qui menaient à sa chambre, puis cogner à la porte patio. La quantité de neige au sol m'a aidée à enjamber la clôture. À cette heure de la nuit, tout le monde devait dormir.

Tout s'est déroulé comme prévu et je me suis rendue silencieusement jusqu'à sa porte. Les rideaux étaient fermés. J'ai essayé d'ouvrir la porte patio, mais elle était verrouillée. J'ai frappé à la porte en espérant ne pas réveiller sa mère, bien que ce fût peu probable puisque sa chambre était de l'autre côté de la grande maison.

Je savais que Jonathan était difficile à réveiller, alors j'ai commencé à frapper un peu plus fort et un peu plus vite. J'ai finalement vu les rideaux bouger et il est apparu en sous-vêtements, brandissant un bâton de baseball. J'ai baissé mon capuchon pour qu'il puisse voir qui j'étais. La peur a laissé place à la surprise. Il a ouvert la porte patio rapidement.

« Mélinda! Oh mon dieu, qu'est-ce que tu fais ici? Ne devrais-tu pas être à l'hôpital? Entre, tu dois avoir très froid! »

« Je me suis sauvée », ai-je dit en me réfugiant dans ses bras.

Il m'a enveloppée de ses bras en me caressant les cheveux.

« Je ne pouvais pas rester là-bas une minute de plus. Je n'en pouvais plus d'être séparée de toi. Ces gens ne m'aident pas, ils ne font que me garder prisonnière pour me faire parler de toutes les expériences douloureuses que j'ai vécues dans ma vie, ai-je murmuré en commençant à pleurer. Je voulais être avec toi. »

« Chut, chut, ça va aller. Tu es en sécurité maintenant. Chut. »

Il devait avoir tellement de questions en tête, mais il n'en a posé aucune. Il a continué à me caresser les cheveux en me tenant dans ses bras. Je me sentais comme si j'étais finalement rentrée à la maison après un long voyage. Je ne pouvais pas me détacher de lui. Je me suis donc accrochée à ses épaules alors que mes larmes faisaient trembler tout mon corps. Après un certain temps, il a pris ma tête entre ses mains et l'a éloignée de son épaule pour pouvoir me regarder dans les yeux. Il a souri et il m'a dit « Je t'aime » avant de commencer à m'embrasser. Je lui ai rendu son baiser goulûment. Nos mains n'ont pas perdu de temps à enlever les vêtements de l'autre pendant qu'on se rapprochait du lit. Nous avons fait l'amour.

Le matin suivant, je me suis réveillée dans un lit vide. J'ai regardé autour de la pièce en me frottant les yeux, essayant de voir où Jonathan était passé. Nos vêtements étaient encore éparpillés par terre et les rideaux étaient encore ouverts. Je me suis levée, j'ai ramassé mon T-shirt au sol, je l'ai enfilé et je me suis dirigée vers la salle de bain pour voir s'il y était. Il n'était pas là. Je suis retournée au lit et j'ai décidé de l'attendre. Si sa mère était à la maison, je ne voulais pas commencer à me promener et risquer de tomber sur elle. Personne ne devait savoir où je me trouvais.

J'étais sur le point de m'endormir à nouveau lorsqu'il est finalement apparu avec des rôties et du café. Il m'avait apporté mon petit déjeuner, comme il était attentionné! Je me suis assise dans le lit, il m'a tendu l'assiette et posé la tasse de café sur la table de chevet. Il s'est assis à côté de moi sur le lit et a repoussé une mèche de cheveux de mon visage.

« Bonjour », a-t-il dit en m'embrassant.

« Bonjour », ai-je répondu.

« As-tu bien dormi? »

« Comme un bébé. Je n'ai pas fait de cauchemar et ton matelas est vraiment confortable », ai-je dit en souriant avant de prendre une bouchée de rôtie.

« Excellent. Écoute, ma mère est à la maison et nous ne pouvons pas risquer qu'elle te voie ici. Je crois qu'on devrait te cacher au chalet pour un certain temps pendant qu'on réfléchit à la suite des événements. »

J'ai hoché la tête en mastiquant.

« Ma mère reste à la maison aujourd'hui, donc je vais lui dire que je m'en vais à l'école, mais je vais appeler un taxi en lui donnant l'adresse d'à côté et nous irons au chalet. J'ai pensé que tu aimerais déjeuner avant de partir, a-t-il dit en souriant. Tu peux terminer ton repas pendant que je vais prendre une douche, puis tu pourras sortir par la porte patio pour me rejoindre devant le garage », a-t-il dit.

Il s'est levé et est allé à la salle de bain. J'ai terminé les rôties et j'ai pris une gorgée de café. Il était encore trop chaud, alors j'ai reposé la tasse sur la table de chevet en entendant l'eau de la douche commencer à couler.

Je me suis levée du lit et je me suis approchée de la porte des toilettes. J'ai jeté un coup d'œil à l'intérieur et j'ai vu Jonathan entrer dans la douche. Je suis restée sur place à le regarder shampouiner ses cheveux. Après un moment, je ne pouvais plus discerner grand-chose à cause de la buée. Je suis entrée dans la salle de bain et j'ai refermé la porte derrière moi. Sa douche avait une porte coulissante que j'ai fait glisser vers la droite. J'ai retiré mon T-shirt et je l'ai rejoint sous la douche. Il a souri en me prenant par la taille et a commencé à m'embrasser. En reculant sous l'eau, le shampooing a commencé à couler le long de son visage et sur le mien, alors j'ai mis fin au baiser en riant. Il a pris la bouteille de shampooing, en a versé une petite quantité sur ma tête et a commencé à me masser le crâne en faisant mousser le shampooing. C'était divin. Je pouvais sentir son corps se presser contre mon dos, l'eau chaude et relaxante qui ruisselait sur mon propre corps, l'odeur du shampooing et ses mains qui me massaient la tête. J'aurais pu passer une éternité sous la douche.

Après quelques instants, il a laissé ma tête tranquille et je suis restée sous l'eau pour rincer le shampooing. Il a ensuite pris une bouteille de gel douche, en a versé dans ses mains qu'il a frottées ensemble pour faire mousser le gel. Il a mis ses mains sur mes épaules et a commencé à les masser. Il a continué le long de mes bras, puis mon dos, puis mes fesses. Il m'a ensuite retournée pour masser ma poitrine. À partir de ce moment, je ne répondais plus de rien. Je me suis approchée pour l'embrasser et j'ai pressé mon corps contre le sien. Il m'a attrapée par la taille, m'a soulevée et m'a collée contre le mur. J'ai mis mes jambes autour de sa taille et j'ai poussé un gémissement. Il a mis sa main sur ma bouche pour me signaler de ne pas faire de bruit tout en continuant ce qu'il avait commencé. Peu de temps après, j'ai ressenti une puissante vague de plaisir m'irradier à travers tout le corps, s'échappant par mes doigts, mes orteils et ma tête. Quelques ondulations supplémentaires ont suivi et j'ai agrippé Jonathan encore plus fermement. Puis, les vagues ont commencé à s'atténuer, laissant derrière elles un sentiment d'extase et de bien-être. Je n'avais jamais rien ressenti de tel de ma vie.

Je l'ai regardé et j'ai vu qu'il me fixait avec un énorme sourire sur le visage.

« Ça a fonctionné cette fois-ci », a-t-il dit.

« Bon sang, oui! » ai-je dit en retirant mes cheveux de mon visage, haletante.

Nous avons fini de nous laver et sommes sortis de la douche. Nous nous sommes essuyés avec d'énormes serviettes moelleuses. J'ai séché mes cheveux comme je le pouvais avec une autre serviette plus petite. Ils allaient devoir sécher tout seuls car les cheveux de Jonathan n'étaient pas assez longs pour justifier qu'il possède un séchoir. Je lui ai plutôt demandé de me prêter une tuque et il est parti en chercher une.

Je n'avais pas d'autre choix que de remettre mes vieux vêtements sales puisque je n'avais rien d'autre à porter. J'ai ramassé mon T-shirt et je l'ai reniflé. J'ai presque eu un haut-le-cœur parce qu'il sentait l'hôpital. J'ai demandé à Jonathan si je pouvais lui en emprunter un. Je pouvais supporter de porter le pantalon car il n'était pas aussi près de mon nez.

Jonathan est revenu avec une tuque et un T-shirt, et m'a embrassée avant de me dire de sortir par l'arrière pour le rejoindre devant le garage. J'ai fait comme il m'avait dit, repassant encore une fois par-dessus la clôture et retombant sur mes deux pieds. Je me suis rendue devant la porte du garage en faisant attention de me baisser à chaque fois que je passais devant une fenêtre pour être certaine que sa mère ne me voie pas.

Il est sorti du garage et nous nous sommes rendus devant chez le voisin main dans la main. Nous n'avons pas eu à attendre longtemps avant de voir un taxi tourner au coin de la rue. Nous avons embarqué et Jonathan a donné l'adresse du chalet au chauffeur. Puis, nous sommes partis.

« C'est carrément une histoire d'évasion », a dit Linda en souriant.

« J'étais assez fière de moi », ai-je répondu en riant.

« Donc, vous pensiez que d'être avec Jonathan était la solution à vos problèmes? »

« Oui, c'était ce que je croyais. Tout allait mieux lorsque j'étais avec lui. Je souriais, je riais de nouveau et je sentais comme si ma vie avait un but. Je croyais que notre but était d'être ensemble pour s'entraider. Mais j'étais sur le point de découvrir que tout l'amour du monde ne suffirait pas pour nous sauver. »

DIXIÈME SÉANCE

« Donc, que s'est-il passé après votre grande évasion? » m'a demandé Linda avec un sourire amical.

Lorsque nous sommes arrivés au chalet, je me suis assise sur le banc dans la véranda à l'arrière de la maison. C'était une belle journée d'hiver et j'admirais la vue de la cour. La réverbération du soleil sur la neige avait un effet calmant sur moi. Il n'y avait aucun voisin aux alentours et personne ne savait où je me trouvais à part Jonathan. Il est allé à la cuisine pour préparer du café, puis il est revenu avec une tasse pour moi et une pour lui. Il s'est assis à mes côtés.

« Nous devons régler quelques détails, a-t-il dit sur un ton sérieux. J'imagine que tu ne veux pas retourner chez tes parents, alors tu vas devoir rester ici. Personne n'y vient jamais à part moi, alors ça devrait aller. Nous avons toutefois besoin d'aller chercher de la nourriture et de te trouver des vêtements. Ma mère est à la maison tous les jours, donc elle va se demander où je suis si je ne rentre pas à la maison tous les soirs. Je peux manquer quelques jours d'école pour passer du temps avec toi ici, mais je vais devoir rentrer à la maison pour la nuit. »

J'ai acquiescé. C'était beaucoup à digérer mais j'étais contente d'être sortie de l'hôpital et tant que j'étais libre, je voulais seulement prendre du bon temps avec lui sans avoir à penser à quoi que ce soit d'autre. Il était la personne inquiète dans notre relation et je l'aimais pour cela; il prenait soin de moi.

« J'ai apporté quelques vêtements avec moi dans mon sac, donc tu pourras les porter pour le moment. Plus tard, j'irai au magasin t'acheter autre chose. »

« C'est parfait », ai-je dit.

J'ai passé le reste de la semaine à profiter de petits moments comme lire le reste de *Papillon* sous la véranda avec une bonne tasse de café. J'ai découvert plusieurs émissions de télé diffusées pendant la journée, que je ne pouvais jamais regarder auparavant car j'étais à l'école. J'aimais les émissions où des personnes ordinaires se présentaient devant un juge pour régler leurs différends. Je trouvais que leurs problèmes étaient hilarants la plupart du temps. Si c'était tout ce dont j'avais à me préoccuper dans la vie, je ne m'en plaindrais pas. Ça m'amusait beaucoup.

Cette nuit-là, Jonathan était censé sortir de chez lui en cachette pour venir me retrouver au chalet. Il avait dit qu'il attendrait dix heures pour être certain que sa mère soit endormie, alors je m'attendais à le voir arriver vers onze heures trente. Pourtant, à minuit passé, il n'était toujours pas arrivé. Je commençais à m'inquiéter. Peut-être que sa mère l'avait pris en flagrant délit. Il inventerait une histoire pour me couvrir, j'en étais certaine. Vers deux heures du matin, j'ai décidé d'aller me coucher sans lui. C'était probablement ce qui était arrivé; sa mère l'avait surpris et il ne pouvait pas sortir. *Nous allons devoir faire plus attention dorénavant*, ai-je pensé avant de m'endormir.

Le lendemain matin, je me suis réveillée dans un lit vide. J'étais déçue, mais je me suis dit que Jonathan ferait semblant d'aller à l'école et viendrait me retrouver. Mais à dix heures, il n'était toujours pas là. J'étais anxieuse. Peut-être qu'il avait eu un accident en chemin? Et s'il était blessé, étendu le long de la route sans personne pour l'aider? Ce n'était pas son genre de me laisser en plan sans me téléphoner.

L'heure du lunch est arrivée et il n'était toujours pas là. Je ne savais pas quoi faire. Je ne pouvais pas marcher jusque chez lui; c'était beaucoup trop loin et sa mère serait à la maison de toute façon. Alors je suis allée me coucher sans lui pour une deuxième fois.

Je me suis réveillée en sursaut car je croyais avoir entendu un bruit au premier étage.

« Jonathan? » ai-je demandé.

Il n'y eut pas de réponse, mais j'ai entendu un autre bruit et cette fois-ci, j'ai pu l'identifier comme étant une vitre qui se brise. Mon cœur a commencé à battre plus rapidement. J'ai regardé autour de la pièce en panique, en essayant de trouver un objet avec lequel je pourrais me défendre. Je n'ai rien trouvé, alors j'ai débranché la lampe sur la table de chevet et je l'ai prise à deux mains en m'approchant de la porte. J'ai jeté un coup d'œil à l'extérieur et comme je ne voyais rien, je me suis lentement approchée de la rambarde d'où je pouvais voir une partie du rez-de-chaussée. J'ai vu quelqu'un debout dans l'ombre près de la porte, habillé tout en noir avec une cagoule qui recouvrait son visage. J'étais affolée. Que faire? Si j'appelais la police, ils se rendraient compte que je m'étais sauvée de l'hôpital et ils m'y ramèneraient immédiatement. Je ne pouvais prendre ce risque, mais je ne croyais pas non plus être en mesure de combattre un intrus avec une lampe. Peut-être que si je ne faisais pas de bruit, l'intrus prendrait ce qu'il était venu chercher et repartirait sans me faire de mal.

Je suis retournée dans la chambre en tenant toujours la lampe dans mes mains et j'ai regardé aux alentours pour trouver un endroit où me cacher. J'ai décidé que la garde-robe remplie de vêtements et de boîtes était ma meilleure option. Je me suis cachée derrière quelques boîtes poussiéreuses et des vêtements suspendus. Je me suis assise par terre les jambes croisées, agrippant la lampe fermement et espérant ne pas avoir à m'en servir.

J'ai entendu des sons étouffés qui provenaient d'en bas, des objets tomber au sol et d'autres se briser. J'étais effrayée et je n'osais pas bouger par peur de faire du bruit et d'alerter l'intrus. Après quelques minutes, j'ai entendu des pas qui montaient les escaliers. Au moment où je pensais avoir atteint le summum de la peur, mon niveau de panique a augmenté dramatiquement et mon cœur s'est mis à battre la chamade. J'étais littéralement paralysée par la peur. J'ai entendu quelqu'un s'approcher, se rendre dans la chambre à coucher d'à côté et commencer à fouiller. Puis, les pas se sont dirigés vers la chambre où je me cachais. Je me suis recroquevillée encore plus près du mur en espérant que les boîtes allaient me cacher. Les pas se sont approchés de la commode où se trouvait la boîte à bijoux de la grand-mère de Jonathan. On dirait que c'était ça qui intéressait l'intrus. J'ai entendu les sons métalliques de bijoux qu'on entasse dans un sac. Puis, j'ai entendu des bruissements, l'intrus sortir de la pièce, descendre les vieilles marches en bois qui craquaient, et puis plus rien. Tout était silencieux à l'exception du son que faisait le vent contre les fenêtres. Est-ce qu'il était parti? J'étais effrayée à l'idée de bouger au cas où l'intrus se trouvait toujours dans la maison, attendant que je sorte de ma cachette. Peut-être que c'était un piège. Je ne savais pas quelle heure il était ni depuis combien de temps j'étais assise dans la garde-robe. J'étais paralysée par la peur et je n'ai pas bougé un muscle jusqu'à ce que j'aperçoive les premiers rayons du soleil poindre à travers les vêtements.

La peur s'est envolée pour laisser place à une vague de sanglots nerveux. Mon corps tout entier tremblait et les larmes coulaient sur mes joues. J'ai finalement laissé tomber la lampe, qui a percuté le sol en faisant un bruit sourd. Je ne sais pas combien de temps je suis restée sur place à pleurer, mais le docteur avait raison de dire qu'il est impossible de pleurer sans arrêt. À la fin, je n'avais plus de larmes. Le soleil était levé et brillait à travers les fenêtres, ce qui m'a redonné un peu de courage. Je me suis dit que l'intrus était certainement parti.

Je me suis levée et je suis sortie de ma cachette. Rien ne semblait avoir été dérangé dans la pièce sauf la boîte à bijoux vide qui était ouverte sur la commode. Je me suis courageusement rendue jusqu'à la porte et j'ai regardé à l'extérieur. Il n'y avait personne. J'ai descendu les escaliers et j'ai vu des papiers, des pots de fleurs et des plantes joncher le sol. Chaque tiroir de chaque meuble avait été ouvert et quelques-uns des objets qui s'y trouvaient avaient été jetés au sol. Je suis allée à la cuisine, où tout semblait être à sa place. Je me suis dit que les gens ne gardaient pas d'objets de valeur dans leur cuisine. De là, je me suis rendue au salon. La télévision et le système de son étaient disparus. Je me suis rendue dans la véranda et j'ai vu que la fenêtre de la porte avait été brisée. Il y avait des éclats de verre partout au sol.

J'avais au moins la consolation de savoir qu'il ne s'agissait que d'un voleur qui était venu prendre les objets de valeur et qui était parti une fois les bijoux trouvés. J'ai senti une vague d'épuisement s'emparer de moi et je n'avais même plus assez d'énergie pour pleurer. Je me suis assise sur le sofa et je me suis endormie.

Je me suis réveillée en sursaut en entendant s'ouvrir la porte de devant. J'ai vu un homme qui se tenait près de la porte et j'ai commencé à crier alors qu'il s'approchait de moi. Mon cerveau a mis quelques secondes à comprendre qu'il s'agissait de Jonathan. Puis, je me suis remise à pleurer.

« Qu'est-ce qui s'est passé ici? » a-t-il demandé en panique.

Voyant qu'il n'obtenait pas de réponse de ma part, il m'a prise dans ses bras et a commencé à me bercer pour me réconforter. Après un certain temps, je pleurais toujours, mais j'ai fait de mon mieux pour lui donner une explication.

« Un voleur est entré . . . au milieu de la nuit . . . j'ai eu tellement peur . . . je me suis cachée dans la garde-robe . . . avec une lampe . . . il est venu dans la chambre où j'étais et . . . »

J'ai continué à pleurer.

« Que s'est-il passé? a-t-il demandé. Est-ce qu'il t'a fait mal? »

J'ai secoué la tête.

« Merci mon dieu, a-t-il murmuré en me prenant à nouveau dans ses bras. Je suis tellement désolé de ce qui est arrivé. Le voleur a dû croire qu'il n'y avait personne au chalet puisqu'il n'y avait pas d'auto dans l'entrée. »

Je suis restée dans ses bras pour quelques minutes avant de reprendre mes esprits. J'ai ressenti une pointe de colère en me rappelant qu'il m'avait abandonnée pendant deux jours.

« Où étais-tu? ai-je demandé d'un ton glacial. Je t'ai attendu toute la journée avant-hier et tu ne t'es jamais pointé! »

« Je suis désolé, a-t-il dit. Je sais que je t'avais dit que j'allais sortir en cachette, mais je n'ai pas pu. Ma mère voulait passer du temps avec moi et m'a emmené au cinéma. Je ne pouvais pas refuser. »

« Quoi? Tu es allé au cinéma? Tu aurais pu lui dire que tu étais trop fatigué ou quelque chose du genre. »

« Elle est très à l'écoute dernièrement, elle ne m'aurait pas cru », a-t-il dit.

« C'était le premier soir. Que s'est-il passé hier? »

« Il y avait une fête chez Rémi, j'y suis allé », a-t-il dit en regardant le plancher.

« Donc, tu es allé à une fête pendant que j'étais seule ici à avoir la peur de ma vie? »

« Hé! Tu sais très bien que si j'avais su ce qui allait arriver, j'aurais été là pour toi. »

« Non, je ne le sais pas. Parce que tu préfères clairement passer du temps avec ta famille et tes amis que de prendre soin de moi quand j'en ai le plus besoin. »

« Tout ce que je fais dernièrement c'est prendre soin de toi! a-t-il crié en se levant. Tu crois que c'est facile pour moi de sortir en cachette tous les jours pour venir te rejoindre puis de rentrer chez moi le soir? C'est l'hiver, je ne peux pas conduire mon scooter, donc je dois payer le taxi à chaque fois! J'ai aussi dû aller acheter toute la nourriture car tu ne peux pas risquer d'être vue. J'ai mis toute ma vie sur pause pour toi! »

« Je ne t'ai rien demandé! C'est toi qui as eu l'idée de me cacher ici! » ai-je crié.

« Alors c'était quoi ton plan brillant à toi? J'oubliais, tu n'avais pas de plan. Tu as débarqué chez moi en plein milieu de la nuit en bouleversant ma vie sans te préoccuper des conséquences. Tu t'attendais à ce qu'on s'endorme ensemble et que tout redevienne normal comme dans un conte de fée. Tu ne prends rien au sérieux, je dois élaborer tous les plans parce que tu ne fais rien! »

« Comment oses-tu me dire ça? Est-ce que tu sais ce que j'ai eu à traverser dans cet hôpital et à quel point il a été difficile de m'évader? Tu ne sais rien! »

« Non, je ne sais pas car tu ne me dis jamais rien! Tu ne m'as pas raconté une seule chose à propos de l'hôpital. Tu ne fais que te morfondre à longueur de journée alors que je sors m'occuper de tout! a-t-il crié. J'en ai marre! » Il était tellement enragé qu'il a pris un vase sur la table à café et il l'a jeté au sol où il s'est brisé en mille morceaux.

C'en était trop pour moi. J'ai commencé à pleurer et j'ai couru à la salle de bain à l'étage où je me suis enfermée. J'ai entendu la porte d'entrée claquer.

Il m'avait laissée ici toute seule et effrayée. C'était quoi son problème? Je croyais qu'il m'aimait, mais j'étais clairement un fardeau pour lui.

« Vous sembliez vous disputer souvent », a noté Linda.

« Oui, mais je mettais beaucoup de pression sur notre relation. Il en faisait beaucoup pour moi, je le réalise maintenant. Mais à ce moment-là, j'étais en colère, j'avais peur et je ne réalisais pas à quel point il était stressé. Le fait que j'étais en sevrage des pilules qu'ils m'avaient données pendant des mois à l'hôpital n'aidait pas non plus. Pas les pilules pour dormir, mais les autres, les antidépresseurs que je prenais le matin. Je ne le savais pas à ce moment-là, mais ce n'est pas recommandé de cesser de prendre ces médicaments subitement car ça peut causer des problèmes comme des maux de tête intenses ou des sautes d'humeur. »

J'étais confuse, effrayée et triste. Tout ce que je pouvais entendre dans ma tête était Jonathan qui répétait : *Tu ne me dis jamais rien, tu ne t'occupes de rien, je suis tanné de toi.* En les repassant dans ma tête, les mots se déformaient : *Tu n'es pas assez bonne, tu ne vaux la peine pas que je perde mon temps, je ne t'aime plus.* Il n'avait rien dit de cela, mais mon cerveau débalancé mélangeait tout jusqu'à ce que ce soit insoutenable. Je me suis levée, j'ai ouvert le tiroir de la commode et j'ai trouvé ce que je cherchais. J'ai sorti la lame de son boîtier en plastique et j'ai rageusement donné des coups sur mon bras une dizaine de fois. Mon bras s'est engourdi, puis j'ai laissé tomber le rasoir au sol. Des petites gouttelettes de sang se sont répandues sur le tapis.

Je me suis mise à pleurer en regardant mon bras ensanglanté. Qu'est-ce que j'avais fait?

C'était comme si mon corps ne savait plus quoi faire; il n'a pas relâché d'hormones pour m'aider à me calmer. Au contraire, les larmes se sont intensifiées. J'ai trouvé une serviette dans laquelle j'ai enroulé mon bras, puis je suis allée me coucher. J'ai tiré la couverture sur moi et je me suis recroquevillée avant de m'endormir en pleurant.

Jonathan n'est pas revenu pendant trois jours. J'imagine que notre dispute l'avait rebuté. Mes émotions s'étaient un peu résorbées et je me sentais maintenant désolée pour tout ce que je lui avais dit. J'appréciais tout ce qu'il faisait pour moi. C'était vrai que je ne planifiais pas grand-chose, je m'attendais un peu toujours à ce qu'il trouve des solutions. C'était beaucoup lui demander, surtout si on considère ce qu'il devait déjà traverser avec sa famille.

Il a fini par revenir après ces trois jours. Il avait la lèvre en sang. Je me suis mise à pleurer dès que je l'ai vu. J'ai compris que sa mère était retournée avec Pierre. Il n'a rien dit, il m'a prise dans ses bras et a pleuré avec moi.

Il a eu la même réaction que la première fois lorsqu'il a vu les coupures sur mes bras. Il n'avait pas les mots, il les a embrassées gentiment et j'ai grimacé. Nous étions tous les deux complètement brisés. Nous ne savions pas comment prendre soin de nous et encore moins l'un de l'autre. Nous étions dans une mauvaise situation et nous ne savions pas comment nous en sortir.

Nous sommes restés ensemble au chalet puisqu'il ne pouvait pas retourner chez lui. Nous savions que la situation n'était pas idéale et qu'on ne pouvait pas continuer ainsi, mais nous n'avions nulle part où aller et personne à qui nous confier. Nous ne voyions pas comment les choses pouvaient s'améliorer, nous n'avions aucune idée qu'elles finiraient par le faire. Nous ne voyions pas d'issue.

« Combien de temps êtes-vous restés ainsi au chalet ensemble? » a demandé Linda.

« Nous avons continué comme ça pendant quelques mois, ai-je répondu, et nous nous sommes disputés plusieurs fois. »

Un matin, alors que j'étais assise sous la véranda avec ma tasse de café pendant que Jonathan dormait à l'étage, j'ai senti quelque chose dans l'air, comme un vent de changement. C'était peut-être simplement le changement de saison (le printemps était bien avancé), mais j'ai eu la chair de poule et je me suis sentie comme sur le point de prendre une décision qui allait changer le cours de ma vie.

Jonathan est finalement descendu après un certain temps. Il est allé se chercher une tasse de café et est venu s'asseoir à côté de moi sur le banc.

Nous étions assis l'un à côté de l'autre et nous ne nous regardions pas. Après quelques minutes de silence, j'ai dit : « J'ai pris une décision. »

« Quoi? »

« Je vais retourner à l'hôpital ».

Il est resté silencieux.

« J'ai terminé le livre que tu m'as prêté. Tu te souviens, lorsque les deux personnages principaux se séparent à la fin? J'ai l'impression que nous sommes rendus à ce point dans notre histoire. Je dois partir, et tu dois rester ici pour essayer de régler la situation dans laquelle tu te trouves. »

« Je croyais que tu détestais l'hôpital et que ça ne t'avait pas du tout aidée. »

« J'ai effectivement détesté ça, ai-je dit en prenant une gorgée de café. Mais même si c'est douloureux, c'est quelque chose que je dois faire. Je t'aime de tout mon cœur, mais ça ne suffit pas pour que toi ou moi guérissions. Nous sommes brisés. Nous devons essayer quelque chose, n'importe quoi, mais la situation ne peut pas durer. Nous ne pouvons pas nous venir en aide mutuellement. Nous devons d'abord guérir si nous voulons pouvoir être ensemble. Sinon, nous tournons en rond et nous ne nous faisons que du mal. »

Il n'a rien dit, mais j'ai vu des larmes couler sur ses joues lorsque j'ai regardé dans sa direction.

« Tu as raison », a-t-il murmuré.

Je lui ai donné un baiser sur le front et je me suis levée. Je suis allée à la cuisine, j'ai mis la tasse dans le lave-vaisselle, puis je suis montée à l'étage. J'ai commencé à faire du ménage, à ramasser mes affaires et à tout remettre à sa place. Je ne pleurais pas; je n'avais plus de larmes à verser sur mon sort. J'allais essayer quelque chose. J'allais peut-être échouer lamentablement, mais au moins j'avançais. C'était un peu comme être dans l'océan en train de nager pour atteindre la terre. Si on abandonne, on meurt. Je devais continuer à avancer pour ne pas me noyer. Je savais que ça allait être difficile et douloureux, mais je devais trouver une façon de guérir si je voulais avoir une chance de réussir ma relation avec Jonathan.

Il devait faire quelque chose lui aussi. Il ne pouvait pas continuer à se sauver des situations difficiles en venant se cacher au chalet. Il devait confronter sa mère et si elle ne comprenait pas ou n'essayait pas de l'aider, il devait sortir de là. J'espérais que sa mère allait comprendre et qu'il ne finirait pas dans une famille d'accueil. Mais même si c'est là qu'il devait aller, peut-être que ça serait pour le mieux. Il ferait l'expérience d'avoir des gens qui l'aiment autour de lui et il pourrait retourner à l'école, obtenir son diplôme et poursuivre son rêve de devenir photographe.

Après environ une heure à tout remettre en ordre, j'étais prête à partir. J'ai pris une grande inspiration et je me suis dirigée vers la véranda où Jonathan était toujours assis.

« Je suis prête », ai-je dit.

« Moi aussi, a-t-il répondu. J'ai réfléchi pendant que tu étais là-haut. Tu as raison, la situation avec ma mère n'est pas idéale et je dois faire quelque chose. Je vais essayer d'avoir une conversation à cœur ouvert avec elle et j'aimerais que tu sois à mes côtés. Est-ce que tu ferais ça pour moi avant que je te ramène à l'hôpital? »

« Bien sûr, je suis là pour toi », ai-je dit.

Je me suis approchée de lui et je l'ai pris dans mes bras. Ça allait être difficile pour lui de se tenir debout et de demander à sa mère si elle tenait suffisamment à lui pour mieux s'en occuper. Tout ce que je pouvais faire était lui dire que je le soutiendrais peu importe ce qui allait arriver et que j'allais attendre qu'il aille mieux.

Il m'a serrée un peu plus fort dans ses bras et m'a dit qu'il ressentait la même chose. Il ne voulait laisser personne s'immiscer entre nous.

Nous avons apporté tout ce qu'on pouvait dans mon sac à dos et nous nous sommes rendus au scooter qu'il avait ressorti du garage dernièrement puisque c'était le printemps. Il a regardé le chalet une dernière fois avant d'embarquer sur l'engin. C'était un petit paradis, mais même cela n'était pas assez pour me guérir. J'étais malade et j'avais besoin d'aide. J'ai regardé le chalet une dernière fois comme pour lui dire *Je vais revenir, attends-moi ici.*

J'ai embarqué sur le scooter et nous avons commencé à rouler.

« Wow, a dit Linda. C'était une grosse décision à prendre pour tous les deux. »

« Je sais. Je crois que je suis réellement devenue une adulte ce jour-là; le jour où j'ai arrêté de compter sur les autres pour prendre soin de moi. Personne d'autre que moi-même ne pouvait me sauver. »

ONZIÈME SÉANCE

« Qu'est-ce qui s'est passé lorsque vous êtes arrivés à la maison de Jonathan? » a demandé Linda.

Sa mère était à la maison et était vraiment surprise de le voir revenir avant midi. Elle croyait qu'il était à l'école. Elle fut encore plus surprise lorsqu'elle m'a vue apparaître derrière lui dans le cadre de la porte. Elle avait entendu des rumeurs disant que je m'étais échappée de l'hôpital, mais Jonathan lui avait certifié qu'il n'avait aucune idée d'où je me cachais et qu'il n'avait pas eu de contact avec moi.

Elle avait l'air d'avoir fait la fête la veille. Son maquillage était défait et ses cheveux étaient en bataille. Elle avait un regard triste et elle a proposé d'aller préparer du thé, après quoi nous pourrions discuter. Jonathan et moi nous sommes assis à la table de la cuisine pendant qu'elle est se dirigeait vers la bouilloire.

J'ai serré la main de Jonathan dans la mienne pour lui faire savoir que je l'appuyais dans sa démarche et qu'il était assez fort pour faire face à cette épreuve. Il m'a serré la main en retour et m'a souri faiblement. J'étais fière de lui.

Lorsque sa mère est revenue avec le thé, elle s'est assise au bout de la table et nous a versé chacun une tasse. Puis elle m'a regardée et m'a demandé comment j'allais.

« Pas très bien, ai-je répondu honnêtement pour une fois. En fait, j'ai eu une conversation avec Jonathan ce matin à propos de ma situation. J'ai besoin de retourner à l'hôpital pour me faire soigner. Au point où j'en suis, je suis prête à essayer n'importe quoi. Je croyais que me sauver de l'hôpital pour rejoindre Jonathan réglerait tous mes problèmes, mais ça n'a pas été le cas. J'aime votre fils de tout mon cœur et je sais qu'il m'aime en retour, mais il y a des problèmes auxquels je dois faire face avant que nous puissions vraiment être heureux ensemble. Je ne peux pas continuer à lui demander de me cacher, de me nourrir et de me calmer lorsque je me réveille paniquée au beau milieu de la nuit. Il ne peut rien faire de plus pour moi, je dois m'occuper du reste. »

C'était inhabituel pour moi d'être aussi candide avec les gens que je ne connaissais pas très bien, mais je croyais, pour une raison ou une autre, que sa mère allait comprendre. Elle semblait être une bonne personne lorsqu'elle était sobre et je crois qu'au fond d'elle-même, elle tenait vraiment à son fils.

Elle a souri et elle m'a dit : « Je suis fière de toi, Mélinda. Je crois que tu es très sage pour ton âge. Tu ne devrais pas avoir à faire face à tous ces problèmes à ton âge. Je suis plus vieille que toi et j'ai aussi de la difficulté à gérer ma guérison. Je ne peux pas imaginer ce que ça doit être pour quelqu'un de si jeune que toi, mais je crois que tu as pris la bonne décision. »

« Merci », ai-je dit, reconnaissante.

« Est-ce qu'ils t'ont donné un diagnostic lorsque tu étais à l'hôpital? » a-t-elle demandé.

« Non, je ne suis pas restée assez longtemps pour qu'ils me fassent part de leurs conclusions, ai-je dit. Peut-être qu'ils ont contacté mes parents pour les mettre au courant, mais je ne les ai pas vus depuis que je me suis sauvée, donc pas de nouvelles de ce côté-là. »

« Je crois que c'est une bonne idée de retourner à l'hôpital, obtenir un diagnostic et faire face au problème. Ça ne sert à rien de se mettre la tête dans le sable et de faire comme si les problèmes allaient disparaître par magie. Je ne sais pas si tu connais les Alcooliques Anonymes, mais j'ai commencé à assister à des rencontres dernièrement et l'une des choses sur lesquelles ils insistent est que nous reconnaissions que nous sommes alcooliques. C'est ainsi qu'on se présente aux autres dans le groupe. Ça a été une grosse étape pour moi de devoir me présenter ainsi. Mais tu sais quoi? Après plusieurs fois, ça commence à faire son chemin et tu commences à accepter que c'est une partie de qui tu es. L'étape suivante est de commencer à travailler sur le problème. Alors, retourne à l'hôpital, obtiens un diagnostic; tu vas peut-être le nier au début, mais tu vas finir par apprendre à l'accepter. Ensuite, tu vas commencer à faire le vrai travail d'apprendre à vivre avec. »

Je suis restée silencieuse, mais j'ai écouté attentivement tout ce qu'elle disait. C'était le genre de conversation ouverte et honnête que j'aurais aimé avoir toute ma vie avec mes parents. J'ai soudainement réalisé que la mère de Jonathan était une femme qui avait traversé beaucoup d'épreuves et même si, de l'extérieur sa vie semblait être un échec total, elle pouvait être introspective et même donner de bons conseils. Je crois que nous avons quelque chose à apprendre de tout le monde sur cette terre.

« Je suis consciente, a-t-elle continué, que j'ai fait beaucoup d'erreurs dans ma vie et que ça peut sembler présomptueux de ma part de donner des conseils à des jeunes comme vous. Mais je veux que vous sachiez, surtout toi Jonathan, a-t-elle dit en posant sa main sur la sienne, que je n'ai jamais arrêté d'essayer. J'ai peut-être perdu les pédales quelques fois, et je sais que je t'ai laissé tomber chacune de ces fois, mais je n'ai jamais arrêté d'essayer d'aller mieux. J'ai toujours trouvé en moi le désir de devenir sobre une fois de plus, de tout recommencer, peu importe combien la tâche semblait difficile. Je vais essayer encore une fois. »

Je pouvais voir que Jonathan était ému par ce qu'elle disait.

« Je sais maman, a-t-il dit en essuyant une larme au coin de son œil. Ça me fait mal de le dire, mais je t'ai vu essayer et échouer tellement souvent que j'ai perdu confiance en toi. Ce n'est pas parce que je ne t'aime pas, c'est parce que j'ai été déçu tellement de fois que je ne peux pas laisser tes échecs me détruire à chaque fois que tu sombres à nouveau dans l'alcool. Je dois poursuivre ma vie. »

« Je suis désolée mon fils, a-t-elle dit en se mettant à pleurer à son tour. Je comprends ce que tu dis et je sais que tu mérites mieux. Ce n'est pas ta faute si ton père et moi avons divorcé et que je suis devenue une si mauvaise mère par la suite. Tu n'as jamais rien fait pour mériter tout ce que je t'ai fait endurer. »

« Maman, il y a quelque chose d'autre dont on doit discuter. »

« Bien sûr », a-t-elle dit.

« Je sais que tu es au courant que Pierre et moi ne nous entendons pas très bien. Je sais que je peux être difficile parfois, mais je ne crois pas que ce soit correct qu'il me frappe et que tu ne dises rien. Si nous voulons essayer d'être une famille saine une fois de plus, Pierre ne peut pas rester. Tu dois choisir entre Pierre ou moi, maman. »

J'ai serré sa main dans la mienne car je savais que c'était ce qu'il avait de plus difficile à dire à sa mère. Je savais qu'il avait peur qu'elle choisisse Pierre plutôt que lui.

Sa mère s'est remise à pleurer et s'est levée pour aller chercher une boîte de mouchoirs dans l'armoire. Elle est revenue et a posé la boîte sur la table.

« Oh, Jonathan! a-t-elle dit après avoir essuyé ses larmes. Je suis tellement désolée pour la façon dont il t'a traité. C'est une chose de ne pas pouvoir me tenir debout devant lui lorsqu'il me maltraite, mais je n'ai jamais voulu que mes mauvais choix aient des répercussions sur toi. Je suis tellement désolée de tout ce que tu as dû traverser. Je vais lui parler et s'il ne veut pas changer, je vais lui dire que c'est terminé entre nous. C'est toi que je choisis, Jonathan, tu es la personne la plus importante dans ma vie. »

Elle a pris Jonathan dans ses bras et ils sont restés ainsi pour un long moment. J'étais contente de les voir heureux ensemble pour la première fois.

Une fois qu'ils ont eu terminé, Jonathan a dit à sa mère qu'ils allaient devoir continuer leur discussion plus tard. « Je dois emmener Mélinda à l'hôpital maintenant. »

« En fait, je crois que j'aimerais m'arrêter chez mes parents d'abord. Votre conversation m'a inspirée à avoir une vraie conversation avec eux », ai-je dit avec un sourire.

« Bien sûr! » a dit la mère de Jonathan avant de me prendre dans ses bras à mon tour.

« Tu es une jeune fille très forte, a-t-elle dit en me laissant aller et en me regardant droit dans les yeux. Je suis heureuse que mon fils t'ait rencontrée. Je te souhaite la meilleure des chances. »

« Merci », ai-je dit en rougissant.

Jonathan et moi sommes partis pour la maison de mes parents. Une fois arrivés, je suis descendue du scooter, je lui ai redonné son casque et je suis restée sur place. Ça y était, nous devions nous dire au revoir. J'étais tellement mauvaise avec les mots, je ne savais pas quoi dire. Il a arrêté le scooter et en est descendu. C'est comme s'il savait que je voulais dire quelque chose, mais qu'il savait aussi que je n'arriverais pas à trouver les mots. Il me comprenait sans que j'aie besoin de parler. Je l'aimais pour ça. Il m'a prise dans ses bras pour un long moment; aucun d'entre nous ne voulait mettre fin au câlin en premier. Finalement, j'ai décidé de le laisser aller. *Continue d'avancer*, ai-je pensé, *ne reste pas sur place.* Je pleurais très fort, mais je savais que j'avais pris la bonne décision. Je pouvais le sentir dans l'air, comme si l'univers me disait que j'étais exactement là où je devais être. Bizarrement, tout semblait s'aligner.

« Tout ira bien, ai-je dit. Tout va s'arranger, tu vas voir. Nous devons faire un peu confiance à la vie ». J'étais celle qui le rassurait pour une fois. « Je vais t'appeler à la maison dès que possible, d'accord? »

« D'accord, je vais attendre ton appel. Ne m'oublie pas », a-t-il dit après quelques instants.

« Comment pourrais-je t'oublier? » ai-je dit en l'embrassant.

J'ai mis fin au baiser après quelques secondes. « Je dois y aller maintenant avant de perdre mon courage. Je t'aime. »

« Je t'aime aussi. »

« Bye Jonathan »

« Bye Mélinda »

J'ai commencé à marcher en direction de la maison de mes parents. Je me sentais étonnamment calme. J'ai ouvert la porte d'entrée et j'ai vu mes parents assis à la table de la cuisine, en train de manger. J'étais sous le choc : ils semblaient être dans un sale état. On aurait dit que les deux avaient pris dix ans alors que je les avais vus pour la dernière fois il n'y avait que quelques mois.

Est-ce que c'est moi qui leur ai fait ça? ai-je pensé.

Leur expression a changé dès qu'ils m'ont vue. Ils n'auraient pas été plus surpris si Elvis Presley était entré dans leur salle à dîner. Ils se sont levés tous les deux pour se précipiter vers moi, me surprenant avec un gros câlin.

« Merci mon dieu, merci mon dieu », répétait ma mère en me caressant les cheveux.

C'était bizarre d'être le centre de toute cette attention. J'ai commencé à réaliser à quel point ils tenaient à moi et je me sentais coupable de la façon dont je les avais traités. Tout ce qu'ils voulaient c'était m'aider et je les avais blessés.

« Je suis tellement désolée, ai-je dit. Je sais que j'ai dû vous causer énormément d'inquiétude. »

« C'est correct ma chérie, a dit mon père en me serrant l'épaule. Tu es de retour et tu es en sécurité, c'est tout ce qui compte à présent. »

« Où étais-tu? » a demandé ma mère.

« Asseyons-nous et je vais tout vous raconter. »

Ma mère est allée refaire du café et je me suis assise à la table de la cuisine. J'ai commencé à leur raconter tout ce qui s'était passé depuis que je m'étais évadée de l'hôpital. J'ai été honnête sur tous les points : l'impression que l'hôpital ne m'aidait pas, que je m'ennuyais de Jonathan, l'épisode de mon évasion, mes retrouvailles avec Jonathan, mon séjour au chalet, le vol, les mauvais traitements que le copain de la mère de Jonathan lui faisait subir, ma grosse dispute avec Jonathan et le fait que je me sois de nouveau tailladé le bras. Je n'ai rien laissé de côté.

« Je suis tellement fière de toi », a dit ma mère en essuyant une larme sur sa joue.

Lorsque nous avons terminé notre discussion, je suis montée à ma chambre, j'ai pris une douche et j'ai mis des vêtements propres. Je savais que j'allais devoir les enlever une fois rendue à l'hôpital, mais je voulais m'y présenter avec autant de dignité que possible. Une fois habillée, je me suis assise sur mon lit et j'ai balayé la pièce des yeux. J'avais passé tellement d'heures dans cette chambre à pleurer et à me faire mal. Le temps était venu de me créer de nouveaux souvenirs.

Je me suis levée du lit, j'ai pris mon sac à dos et je suis descendue rejoindre mes parents. Ils m'attendaient à l'extérieur à côté de l'auto. Nous sommes tous montés à l'intérieur et nous nous sommes dirigés vers l'hôpital. J'étais un peu déçue que ma sœur ne soit pas là, mais elle était à l'école. Je savais qu'elle viendrait me rendre visite à l'hôpital lorsqu'elle apprendrait la nouvelle.

Une fois arrivés à l'hôpital, nous ne nous sommes pas dirigés vers les urgences. À la place, nous nous sommes rendus directement à l'unité psychiatrique et je suis restée en retrait avec ma mère pendant que mon père parlait à une infirmière, lui expliquant que je m'étais sauvée de l'hôpital. Elle a hoché la tête et lui a dit d'attendre le temps qu'elle appelle son superviseur. Après quelques minutes, les portes se sont ouvertes et un homme est sorti de l'unité. Il a parlé à mon père en me jetant des coups d'œil de temps en temps. Il n'avait pas l'air très sympathique, mais il n'avait pas l'air en colère non plus.

Ils se sont tous les deux dirigés vers moi après quelques instants.

« Bonjour Mélinda, mon nom est David et je suis le superviseur de l'unité », a-t-il dit en me tendant la main. Je l'ai serrée. « À ce que votre père m'a expliqué, vous êtes prête à recommencer la thérapie? »

« Oui », ai-je répondu.

« Vous n'essayerez plus de vous évader? »

« Non. »

« Très bien, a-t-il dit. Je vais vous laisser quelques instants pour dire au revoir à vos parents et je vais vous accompagner à votre chambre. »

C'était l'heure d'un autre au revoir. Cette fois-ci, ce n'était pas aussi difficile que de laisser Jonathan partir, mais ce n'était pas facile pour autant. Ils m'ont fait un câlin, m'ont dit qu'ils étaient fiers de moi et m'ont donné un baiser sur le front. Je ne pouvais pas endurer d'autres au revoir, alors j'ai coupé court à tout ça et j'ai essayé d'être aussi brave que possible.

« Je vous appellerai dès que je suis installée, ai-je dit, et je vais demander à vous ajouter sur la liste de mes visiteurs. »

« Nous attendrons ton appel, ma chérie. »

« Au revoir », ai-je dit, ma voix s'éraillant.

« Au revoir chérie, nous t'aimons! »

« Je vous aime aussi. »

Je suis allée retrouver David et je lui ai adressé un demi-sourire pour lui faire savoir que j'étais prête à m'installer. Je me suis soumise au même rituel que la dernière fois; j'ai dû changer de vêtements et procéder à l'inventaire de tout ce qu'il y avait dans mon sac avant de le ranger dans un casier. J'ai remarqué qu'une serrure avait nouvellement été installée sur le petit placard. Même si le processus n'était pas agréable, ça ne m'a pas dérangé autant que la première fois. Je m'y attendais cette fois-ci et je savais que c'était pour mon bien. Mais plus important encore, je voulais être là.

J'ai passé la journée à regarder la télévision et j'ai essayé de parler aux autres patients dans l'unité. Je me suis dit que c'était des gens ordinaires comme moi, avec leurs propres problèmes et non des êtres curieux ou anormaux. Nous avions de la difficulté à gérer les mêmes émotions; il n'y avait rien à craindre. Lorsque la nuit est arrivée, l'infirmière est venue me porter mes médicaments. Je les ai pris pour de vrai cette fois-ci et j'ai sombré dans un sommeil réparateur et sans rêves pendant plus de dix heures.

J'ai été réveillée le matin par l'infirmière de jour qui faisait sa ronde. Celle que j'avais droguée était de garde et je me suis dit que je lui devais des excuses.

« Vous savez, au début de l'année, quand vous vous êtes soudainement sentie faible? »

« Oui, je m'en souviens. »

« Je dois vous avouer que c'est moi qui vous avais refilé mes pilules. Je voulais m'en excuser. J'ai pris un risque avec votre santé et je n'aurais jamais dû le faire. Je n'ai pensé qu'à moi-même. »

« Oui, je m'étais dit que quelqu'un avait dû me droguer et lorsque j'ai entendu parler de votre évasion, j'ai réalisé qu'il devait s'agir de vous, même si je n'avais pas tous les détails. »

« Ce n'est pas grave maintenant. Je suis de retour et je vais faire de mon mieux pour guérir cette fois-ci. Je voulais seulement vous dire que je suis désolée et que je ne sais pas quoi faire pour me faire pardonner. »

Elle a mis sa main sur mon épaule et m'a regardée dans les yeux avant de dire : « Vous savez que je fais ce travail parce que je veux aider les gens, n'est-ce pas? Faites tout ce qui est en votre pouvoir pour guérir. Ce sera une récompense suffisante pour moi. »

J'ai souri et j'ai hoché la tête. C'était une belle leçon d'humilité que de rencontrer quelqu'un d'aussi dévoué. Je ne méritais pas autant de compassion. Ou peut-être que oui; j'allais devoir en parler au psychiatre.

À ce propos, l'infirmière m'a dit qu'il m'attendait pour notre rendez-vous matinal habituel. J'étais honteuse d'avoir à me présenter devant lui après tout ce qui était arrivé, mais je savais que je devais le faire. J'ai donc pris une profonde respiration et j'ai franchi le pas de la porte.

« Bonjour Mélinda, a-t-il dit. Je suis heureux de vous revoir ».

« Merci. Je suis désolée si je vous ai mis dans l'embarras en m'échappant. Je ne voulais que retrouver mon copain. Je croyais que ça allait arranger tous mes problèmes, mais j'ai réalisé que ça ne m'aidait pas du tout. J'étais bien lorsque j'étais avec lui, mais je ne guérissais pas et lui non plus. »

Il a souri d'un air entendu et nous avons repris là où nous nous étions arrêtés la dernière fois.

« Ça a été une grosse étape pour vous, Mélinda. Je suis vraiment fière de votre décision de remettre de l'ordre dans votre vie », a dit Linda.

« Merci », ai-je répondu.

« Je savais que vous alliez finir par retourner chercher de l'aide. »

« Comment pouviez-vous le savoir? » ai-je demandé, l'air surpris.

« Parce que c'est ça souffrir du trouble de la personnalité limite. »

CPSIA information can be obtained
at www.ICGtesting.com
Printed in the USA
LVHW031108300321
682939LV00003B/488

9 780228 848592